COLECCIÓN LA OTRA ORILLA

Álvaro Mutis

La Nieve del Almirante

Grupo Editorial Norma

Barcelona, Buenos Aires, Caracas, Guatemala
México, Miami, Panamá, Quito, San José, San Juan,
San Salvador, Santafé de Bogotá, Santiago, São Paulo.

© Álvaro Mutis, 1986
© Editorial Norma S.A., 1991
Apartado Aéreo 53550, Santafé de Bogotá, Colombia.

Primera edición, diciembre 1991
Primera reimpresión, marzo 1992
Segunda reimpresión, agosto 1992
Tercera reimpresión, agosto 1993

Fotografía:Christian Zitzmann
Ilustración: Ivar Da Coll

ISBN: 958-04-1506-4
CC: 20008133

CONTENIDO

A Ernesto Volkening
(Amberes, 1908 - Bogotá, 1983)

En recuerdo y homenaje
a su amistad sin sombras,
a su lección inolvidable.

N'accomplissant que ce qu'il doit,
Chaque pêcheur pêche pour soi:
Et le premier recueille, en les mailles qu'il
serre,
Tout le fretin de sa misère;
Et celui-ci ramène à l'étourdie
le fond vaseux des maladies
Et tel ouvre les nasses
Aux desespoirs qui le menacent;
Et celui-là recueille au long des bords,
Les épaves de son remords.

EMILE VERHAEREN, *Les Pêcheurs*

Cuando creía que ya habían pasado por mis manos la totalidad de escritos, cartas, documentos, relatos y memorias de Maqroll el Gaviero y que quienes sabían de mi interés por las cosas de su vida habían agotado la búsqueda de huellas escritas de su desastrada errancia, aún reservaba el azar una bien curiosa sorpresa, en el momento cuando menos la esperaba.

Uno de los placeres secretos que me depara el pasear por el Barrio Gótico de Barcelona es la visita de sus librerías de viejo, a mi juicio las mejor abastecidas y cuyos dueños conservan aún esas sutiles habilidades, esas intuiciones gratificantes, ese saber cazurro que son virtudes del auténtico librero, especie en vías de una inminente extinción. En días pasados me interné por la calle de Botillers, y en ella me atrajo la vitrina de una antigua librería que suele estar la mayor parte de las veces cerrada y ofrece a la avidez del coleccionista piezas realmente excepcionales. Ese día estaba abierta. Penetré con la unción con la que se entra al santuario de algún rito olvidado. Un hombre joven, con espesa barba negra de judío levantino, tez marfileña y ojos acuosos, negros, detenidos en una leve expresión de asombro, atendía detrás de un montón de libros en desorden y de mapas que catalogaba con una minuciosa letra de otros tiempos. Me sonrió ligeramente y, como buen librero de tradición, me

11

dejó husmear entre los estantes, tratando de mantenerse lo más inadvertido posible. Cuando apartaba algunos libros que me proponía comprar, me encontré de repente con una bella edición, encuadernada en piel púrpura, del libro de P. Raymond que buscaba hacía años y cuyo título es ya toda una promesa: Enquête du Prévôt de Paris sur l'assassinat de Louis Duc D'Orléans; editado por la Bibliothèque de l'Ecole de Chartres en 1865. Muchos años de espera eran así recompensados por un golpe de fortuna sobre el que de tiempo atrás ya no me hacía ilusiones. Tomé el ejemplar sin abrirlo y le pregunté al joven de la barba por el precio. Me lo indicó citando la cifra con ese tono rotundo, definitivo e inapelable, también propio de su altiva cofradía. Lo pagué sin vacilar, junto con los demás ya escogidos, y salí para gozar a solas mi adquisición con lenta y paladeada voluptuosidad, en un banco de la pequeña placita donde está la estatua de Ramón Berenguer el Grande. Al pasar las páginas noté que en la tapa posterior había un amplio bolsillo destinado a guardar originalmente mapas y cuadros genealógicos que complementaban el sabroso texto del profesor Raymond. En su lugar encontré un cúmulo de hojas, en su mayoría de color rosa, amarillo o celeste, con aspecto de facturas comerciales y formas de contabilidad. Al revisarlas de cerca me di cuenta que estaban cubiertas con una letra menuda, un tanto temblorosa, febril, diría yo, trazada con lápiz color morado, de vez en cuando reteñido con saliva por el autor de los apretados renglones. Estaban escritas por ambas caras, evitando con todo cuidado lo impreso originalmente y que pude comprobar se trataba, en efecto, de formas diversas de papelería comercial. De repente, una frase me saltó a la vista y me hizo olvidar la escrupulosa investigación del historiador francés sobre el alevoso asesinato del hermano de Carlos VI de Francia, ordenado por Juan sin Miedo, Duque de Borgoña. Al final de la última página, se leía, en tinta verde y en letra un tanto más firme: "Escrito por Maqroll el Gaviero durante su viaje de subida por el Río Xurandó. Para entregar a Flor Estévez en donde se encuentre. Hotel de Flandre, Antwerpen". Como el libro tenía numerosos subrayados y notas hechos con el mismo lápiz, era fácil colegir que nuestro hombre, para no desprenderse de esas páginas, prefirió guardarlas en el bolsillo destinado a fines un tanto más trascendentes y académicos.

Mientras las palomas seguían mancillando la noble estampa del conquistador de Mallorca y yerno del Cid, empecé a leer los abigarrados papeles en donde, en forma de diario, el Gaviero narraba sus desventuras, recuerdos, reflexiones, sueños y fantasías, mientras remontaba la corriente de un río, entre los muchos que bajan de la serranía para perderse en la penumbra vegetal de la selva inmensurable. Muchos trozos estaban escritos en letra más firme, de donde era fácil deducir que la vibración del motor de la embarcación que llevaba al Gaviero era la culpable de ese temblor que, en un principio, atribuí a las fiebres que en esos climas son tan frecuentes como rebeldes a todo medicamento o cura.

Este Diario del Gaviero, al igual que tantas cosas que dejó escritas como testimonio de su encontrado destino, es una mezcla indefinible de los más diversos géneros: va desde la narración intrascendente de hechos cotidianos hasta la enumeración de herméticos preceptos de lo que pensaba debía ser su filosofía de la vida. Intentar enmendarle la plana hubiera sido ingenua fatuidad, y bien poco se ganaría en favor de su propósito original de consignar día a día sus experiencias en este viaje, de cuya monotonía e inutilidad tal vez lo distrajera su labor de cronista.

Me ha parecido, por otra parte, de elemental equidad que este Diario lleve como título el nombre del sitio en donde por mayor tiempo disfrutó Maqroll de una relativa calma y de los cuidados de Flor Estévez, la dueña del lugar y la mujer que mejor supo entenderlo y compartir la desorbitada dimensión de sus sueños y la ardua maraña de su existencia.

También se me ocurre que podría interesar a los lectores del Diario del Gaviero el tener a su alcance algunas otras noticias de Maqroll, relacionadas, en una u otra forma, con hechos y personas a los que hace referencia en su Diario. Por esta razón he reunido al final del volumen algunas crónicas sobre nuestro personaje aparecidas en publicaciones anteriores y que aquí me parece que ocupan el lugar que en verdad les corresponde.

DIARIO DEL GAVIERO

Marzo 15

Los informes que tenía indicaban que buena parte del río era navegable hasta llegar al pie de la cordillera. No es así, desde luego. Vamos en un lanchón de quilla plana movido por un motor diesel que lucha con asmática terquedad contra la corriente. En la proa hay un techo de lona sostenido por soportes de hierro de los que penden hamacas, dos a babor y dos a estribor. El resto del pasaje, cuando hay, se amontona en mitad de la embarcación, sobre un piso de hojas de palma que protege a los viajeros del calor que despiden las planchas de metal. Sus pasos retumban en el vacío de la cala con un eco fantasmal y grotesco. A cada rato nos detenemos para desvarar el lanchón encallado en los bancos de arena que se forman de repente y luego desaparecen, según los caprichos de la corriente. De las cuatro hamacas, dos las ocupamos los pasajeros que subimos en Puerto España y las otras dos son para el mecánico y el práctico. El Capitán duerme en la proa bajo un parasol de playa multicolor que él va girando según la posición del sol. Siempre está en una semiebriedad, que sostiene sabiamente con dosis recurrentes aplicadas en tal forma que jamás se escapa de ese ánimo en que la euforia alterna con el sopor de un sueño que nunca lo vence por completo. Sus órdenes no tienen relación alguna con la trayectoria del viaje y siempre nos dejan una irritada perplejidad: "¡Arriba el ánimo! ¡Ojo con la brisa!, ¡Recia la lucha, fuera las sombras!, ¡El agua es nuestra!, ¡Quemen la sonda!", y así todo el día y buena parte de la noche. Ni el mecánico ni el práctico prestan la menor atención a esa letanía que, sin embargo, en alguna forma los sostiene despiertos y alertas y les transmite la destreza necesaria para sortear las incesantes trampas del Xurandó. El mecánico es un indio que se diría mudo a fuerza de guardar silencio y sólo se entiende de vez en cuando con el Capitán en una mezcla de idiomas difícil de traducir. Anda descalzo, con el torso desnudo. Lleva pantalones de mezclilla llenos de grasa que usa amarrados por debajo del prominente y terso estómago en el que sobresale una hernia del ombligo que se dilata y contrae a medida que su dueño se esfuerza para mantener el motor en marcha. Su relación con éste es un caso patente de transubstanciación; los dos se confunden y conviven en un mismo esfuerzo: que el lanchón avance. El práctico es uno de esos seres con una inagotable capacidad de mimetismo, cuyas facciones, gestos, voz y demás características personales han sido llevados a un grado tan perfecto de inexistencia que jamás consiguen permanecer en nuestra memoria. Tiene los ojos muy cerca del arco de la nariz y sólo puedo recordarlo evocando al siniestro Monsieur Rigaud-Blandois de *La Pequeña Dorrit*. Sin embargo, ni siquiera tan imborrable referencia sirve por mucho tiempo. El personaje de Dickens se esfuma cuando observo al práctico. Extraño pájaro. Mi compañero de viaje, en la sección protegida por el toldo, es un gigante rubio que habla algunas palabras masticadas con un acento eslavo que las hace casi por completo indescifrables. Es tranquilo y fuma continuamente los pestilentes cigarrillos que le vende el práctico a un precio desorbitado. Va, según me entero, al mismo sitio a donde yo voy: a la factoría que procesa la madera que ha de bajar por este mismo camino y de cuyo transporte se supone que voy a encargarme. La palabra factoría produce la hilaridad de la tripulación, lo cual no me hace gracia y me deja en el desamparo de una vaga duda. Una lámpara Coleman nos alumbra de noche y en ella vienen a estrellarse grandes insectos de colores y formas tan diversos que a veces me da la impresión que alguien organiza su desfile con un propósito didáctico indescifrable. Leo a la luz de las caperuzas de hilo incandescente, hasta que el sueño me derriba como una droga súbita. La irreflexiva ligereza del de Orléans me ocupa por un instante antes de caer en un sopor implacable. El motor cambia de ritmo a cada rato, lo cual nos mantiene en constante estado de incertidumbre. Es de temer que de un momento a otro se detenga para siempre. La corriente se hace cada vez más indómita y caprichosa. Todo esto es absurdo y nunca acabaré de saber por qué razón me embarqué en esta empresa. Siempre ocurre lo mismo al comienzo de los viajes. Después llega la indiferencia bienhechora que todo lo subsana. La espero con ansiedad.

Marzo 18

Sucedió lo que hace rato vengo temiendo: la hélice chocó con un fondo de raíces y se torció el eje que la sostiene. La vibración se hizo alarmante. Hemos tenido que atracar en una orilla de arena de pizarra, que despide un tufo vegetal dulzón y penetrante. Hasta que logré convencer al Capitán de que sólo calentando el eje se conseguiría enderezarlo, lucharon varias horas en las maniobras más torpes e imprevisibles en medio de un calor soporífero. Una nube de mosquitos se instaló sobre nosotros. Por fortuna, todos estamos inmunes a esta plaga, con excepción del gigante rubio que soporta el embate con una mirada colérica y contenida, como si no supiera de dónde procede el suplicio que lo acosa.

Al anochecer se presentó una familia de indígenas, el hombre, la mujer, un niño de unos seis años y una niña de cuatro. Todos desnudos por completo. Se quedaron mirando la hoguera con indiferencia de reptiles. Tanto el hombre como la mujer son de una belleza impecable. Él tiene los hombros anchos y sus brazos y piernas se mueven con una lentitud que destaca aún más la armonía de las proporciones. La mujer, de igual estatura que el hombre, tiene pechos abundantes pero firmes, y los muslos rematan en unas caderas estrechas graciosamente redondeadas. Una leve capa de grasa les cubre todo el cuerpo y desvanece los ángulos de coyunturas y articulaciones. Los dos tienen el cabello cortado a manera de casquetes que pulen y mantienen sólidos con alguna substancia vegetal que los tiñe de ébano y brillan con las últimas luces del sol poniente. Hacen algunas preguntas en su lengua que nadie entiende. Tienen los dientes limados y agudos y la voz sale como el sordo arrullo de un pájaro adormilado. Entrada ya la noche, logramos enderezar la pieza, pero sólo hasta mañana podrá colocarse. Los indios atraparon algunos peces en la orilla y se fueron a comerlos a un extremo de la playa. El murmullo de sus voces infantiles duró hasta el amanecer. He leído hasta conciliar el sueño. En la noche el calor no cesa y, tendido en la hamaca, pienso largamente en las necias indiscreciones del Duque de Orléans y en ciertos rasgos de su carácter que irán a repetirse en otros miembros de la *branche cadette*, siempre de distinto tronco, pero con las mismas tendencias a la felonía, las aventuras galantes, el placer dañino de conspirar, la avidez por el dinero y una deslealtad sin sosiego. Habría que pensar un poco en las razones por las que tales constantes de conducta aparecen en forma implacable, casi hasta nuestros días, en estos príncipes de origen tan diferente. El agua golpea en el fondo metálico y plano con un borboteo monótono y, por alguna razón inasible, consolador.

Marzo 21

La familia subió a la lancha en la madrugada siguiente. Mientras bregábamos bajo el agua para colocar la hélice, ellos permanecieron de pie sobre el piso de palma. Durante todo el día estuvieron allí sin moverse ni pronunciar palabra. Ni el hombre ni la mujer tienen vellos en parte alguna del cuerpo. Ella muestra su sexo que brota como una fruta recién abierta y él el suyo con el largo prepucio que termina en punta. Se diría un cuerno o una espuela, algo ajeno por entero a toda idea sexual y sin el menor significado erótico. A veces sonríen mostrando sus dientes afilados y su sonrisa pierde por ello todo matiz de cordialidad o de simple convivencia.

El práctico me explica que es común en estos parajes que los indios viajen por el río en las embarcaciones de los blancos. No suelen dar explicación alguna ni dicen jamás dónde van a bajar. Un día desaparecen como llegaron. Son de carácter apacible y jamás toman nada que no les pertenece, ni comparten la comida con el resto del pasaje. Comen hierbas, pescado crudo y reptiles también sin cocinar. Algunos suben armados con flechas cuyas puntas están mojadas en curare, el veneno instantáneo cuya preparación es un secreto jamás revelado por ellos.

Esa noche, mientras dormía profundamente, me invadió de pronto un olor a limo en descomposición, a serpiente en celo, una fetidez creciente, dulzona,

insoportable. Abrí los ojos. La india estaba mirándome fijamente y sonriendo con malicia que tenía algo
de carnívoro, pero al mismo tiempo de una inocencia
nauseabunda. Puso su mano en mi sexo y comenzó a
acariciarme. Se acostó a mi lado. Al entrar en ella,
sentí cómo me hundía en una cera insípida que, sin
oponer resistencia, dejaba hacer con una inmóvil
placidez vegetal. El olor que me despertó era cada vez
más intenso con la proximidad de ese cuerpo blando
que en nada recordaba el tacto de las formas femeni-
nas. Una náusea incontenible iba creciendo en mí.
Terminé rápidamente, antes de tener que retirarme a
vomitar sin haber llegado al final. Ella se alejó en silencio. Entretanto, en la hamaca del esclavo, el indio,
entrelazado al cuerpo de éste, lo penetraba mientras
emitía un levísimo chillido de ave en peligro. Luego,
el gigante lo penetró a su vez, y el indio continuaba
su quejido que nada tenía de humano. Fui a la proa y
traté de lavarme como pude, en un intento de borrar
la hedionda capa de pantano podrido que se adhería
al cuerpo. Vomité con alivio. Aún me viene de repente a la nariz el fétido aliento que temo no habrá
de abandonarme en mucho tiempo.

Ellos siguieron allí, de pie, en medio de la barca,
con la mirada perdida en las copas de los árboles,
masticando sin cesar un amasijo hecho de hojas parecidas a las del laurel y carne de pescado o de lagarto
que capturan con una habilidad notable. El esclavo se
llevó anoche a la india a su hamaca, y esta mañana
amaneció otra vez con el indio que dormía abrazado
sobre él. El Capitán los separó, no por pudor, sino,
como explicó con voz estropajosa, porque el resto de
la tripulación podía seguir su ejemplo y ello traería de

seguro peligrosas complicaciones. El viaje, añadió, era largo y la selva tiene un poder incontrolable sobre la conducta de quienes no han nacido en ella. Los vuelve irritables y suele producir un estado delirante no exento de riesgo. El eslavo musitó no sé qué explicación que no logré entender y regresó tranquilamente a su hamaca después de tomar una taza de café que le ofreció el práctico, con quien sospecho que se ha conocido en el pasado. Desconfío de la obediente mansedumbre de este gigante, en cuyos ojos se asoma a veces la sombra de una cansina y triste demencia.

Marzo 24

Hemos llegado a un amplio claro de la selva. Después de tantos días, por fin, arriba, asoman el cielo y las nubes que se desplazan con lentitud bienhechora. El calor es más intenso, pero no nos abruma con esa agobiante densidad que, bajo el verde dombo de los grandes árboles, en la penumbra constante, lo convierte en un elemento que nos va minando con implacable porfía. El ruido del motor se diluye en lo alto y el planchón se desliza sin que suframos su desesperado batallar contra la corriente. Algo semejante a la felicidad se instala en mí. En los demás es fácil percibir también una sensación de alivio. Pero allá, al fondo, se va perfilando de nuevo la oscura muralla vegetal que nos ha de tragar dentro de unas horas. Este apacible intermedio de sol y relativo silencio ha sido propicio al examen de las razones que me impulsaron a emprender este viaje. La historia de la madera la escuché por primera vez en La Nieve del

Almirante, la tienda de Flor Estévez en la cordillera.
Vivía con ella desde hacía varios meses, curándome
una llaga que me dejó en la pierna la picadura de
cierta mosca ponzoñosa de los manglares del delta.
Flor me cuidaba con un cariño distante pero firme, y
en las noches hacíamos el amor con la consiguiente
incomodidad de mi pierna baldada, pero con un sentido de rescate y alivio de anteriores desdichas que,
cada uno por su lado, cargábamos como un fardo
agobiante. Creo que sobre la tienda de Flor y mis días
en el páramo dejé constancia en algunos papeles anteriores. Allí llegó el dueño de un camión, que él
mismo conducía, cargado con reses compradas en los
llanos y nos contó la historia de la madera que se podía comprar en un aserradero situado en el límite de
la selva y que, bajando el Xurandó, podía venderse a
un precio mucho más alto en los puestos militares
que estaban ahora instalando a orillas del gran río.
Cuando secó la llaga y con dinero que me dio Flor,
bajé a la selva, siempre con la sospecha de que había
algo incierto en toda esta empresa. El frío de la cordillera, la niebla constante que corría como una procesión de penitentes por entre la vegetación enana y
velluda de esos parajes, me hicieron sentir la necesidad impostergable de hundirme en el ardiente clima
de las tierras bajas. El contrato que tenía pendiente
para llevar a Amberes un carguero con bandera
tunecina, que necesitaba ajustes y modificaciones
para convertirlo en transporte de banano, lo devolví
sin firmar, dando algunas torpes explicaciones que
debieron dejar intrigados a sus dueños, viejos amigos
y compañeros de otras andanzas y tropiezos que algún
día merecerán ser recordados.

Al subir a esta lancha mencioné el aserradero de marras y nadie ha sabido darme idea cabal de su ubicación. Ni siquiera de su existencia. Siempre me ha sucedido lo mismo: las empresas en las que me lanzo tienen el estigma de lo indeterminado, la maldición de una artera mudanza. Y aquí voy, río arriba, como un necio, sabiendo de antemano en lo que irá a parar todo. En la selva, en donde nada me espera, cuya monotonía y clima de cueva de iguanas, me hace mal y me entristece. Lejos del mar, sin hembras y hablando un idioma de tarados. Y, entretanto, mi querido Abdul Bashur, camarada de tantas noches a orillas del Bósforo, de tantos intentos inolvidables por hacer dinero fácil en Valencia y Toulon; esperándome y pensando que tal vez haya muerto. Me intriga sobremanera la forma como se repiten en mi vida estas caídas, estas decisiones erróneas desde su inicio, estos callejones sin salida cuya suma vendría a ser la historia de mi existencia. Una fervorosa vocación de felicidad constantemente traicionada, a diario desviada y desembocando siempre en la necesidad de míseros fracasos, todos por entero ajenos a lo que, en lo más hondo y cierto de mi ser, he sabido siempre que debiera cumplirse si no fuera por esta querencia mía hacia una incesante derrota. ¿Quién lo entiende? Ya vamos a entrar de nuevo en el verde túnel de la jungla ceñuda y acechante, ya me llega su olor a desdicha, a tibio sepulcro desabrido.

Marzo 27

Esta mañana, cuando orillamos para dejar varios

tambores de insecticida en una ranchería ocupada por militares, bajaron los indios. Me enteré allí que mi vecino de hamaca se llama Ivar. La pareja lo despidió desde la orilla piando: "Ivar. Ivar", mientras él sonreía con una dulzura de pastor protestante. Al caer la noche, cuando estábamos tendidos en nuestras hamacas y, para evitar los insectos, no habíamos encendido aún la Coleman, le pregunté en alemán de dónde era, y me respondió que de Pärnu, en Estonia. Hablamos hasta muy tarde. Intercambiamos recuerdos y experiencias de lugares que resultaron familiares para ambos. Como tantas veces sucede, el idioma revela de pronto a alguien por entero diferente de lo que nos habíamos imaginado. Me da la impresión de un hombre en extremo duro, cerebral y frío, y con un desprecio absoluto por sus semejantes, el cual enmascara en fórmulas cuya falsedad él mismo es el primero en delatar. De mucho cuidado el hombre. Sus opiniones y comentarios sobre el episodio erótico con la pareja de indios son todo un tratado de gélido cinismo de quien está de regreso, no ya de todo pudor o convención social, sino de la más primaria y simple ternura. Dice que viaja también hasta el aserradero. Cuando lo llamé factoría, se lanzó a una confusa explicación sobre en qué consistían las instalaciones, lo cual sirvió para sumirme aún más en el desaliento y la incertidumbre. Quién sabe qué me espera en ese hueco al pie de la cordillera. Ivar. Luego, durante el sueño, entendí por qué el nombre me era tan familiar. Ivar, el grumete que murió acuchillado a bordo de la *Morning Star* sacrificado por un contramaestre que insistió en que le había robado su reloj cuando bajaron juntos a visitar un burdel en Pointe-à-Pitre.

Ivar, que recitaba parrafadas completas de Kleist, y cuya madre le tejió un suéter que él usaba con orgullo en las noches de frío. En el sueño me acogió con su acostumbrada sonrisa cálida e inocente y trató de explicarme que no era el otro, mi vecino de hamaca. Entendí al instante su preocupación y le aseguré que lo sabía muy bien y que no había confusión posible. Escribo en la madrugada aprovechando la relativa frescura de esta hora. La larga encuesta sobre el asesinato del de Orléans comienza a aburrirme. En este clima sólo las más elementales y sórdidas apetencias subsisten y se abren paso entre el baño de imbecilidad que nos va invadiendo sin remedio.

Pero meditando un poco más sobre estas recurrentes caídas, estos esquinazos que voy dándole al destino con la misma repetida torpeza, caigo en la cuenta, de repente, que a mi lado, ha ido desfilando otra vida. Una vida que pasó a mi vera y no lo supe. Allí está, allí sigue, hecha de la suma de todos los momentos en que deseché ese recodo del camino, en que prescindí de esa otra posible salida y así se ha ido formando la ciega corriente de otro destino que hubiera sido el mío y que, en cierta forma, sigue siéndolo allá, en esa otra orilla en la que jamás he estado y que corre paralela a mi jornada cotidiana. Aquélla me es ajena y, sin embargo, arrastra todos los sueños, quimeras, proyectos, decisiones que son tan míos como este desasosiego presente y hubieran podido conformar la materia de una historia que ahora transcurre en el limbo de lo contingente. Una historia igual quizá a esta que me atañe, pero llena de todo lo que aquí no fue, pero allá sigue siendo, formándose, corriendo a mi vera como una sangre fantasmal que me nombra y, sin embargo, nada sabe de mí. O sea, que es igual en cuanto la hubiera yo protagonizado también y la hubiera teñido de mi acostumbrada y torpe zozobra, pero por completo diferente en sus episodios y personajes. Pienso, también, que al llegar la última hora sea aquella otra vida la que desfile con el dolor de algo por entero perdido y desaprovechado y no ésta, la real y cumplida, cuya materia no creo que merezca ese vistazo, esa postrera revista conciliatoria, porque no da para tanto ni quiero que sea la visión que alivie mi último instante. ¿O el primero? Este es asunto para meditar en otra ocasión. La enorme y oscura mariposa que golpea con sus lanudas alas la pantalla de cristal de la lámpara empieza a paralizar mi atención y a mantenerme en un estado de pánico inmediato, insoportable, desorbitado. Espero, empapado en sudor, que desista de su revolotear alrededor de la luz y huya hacia la noche de donde vino y a la que tan cabalmente pertenece. Ivar, sin percibir siquiera mi transitoria parálisis, apaga la caperuza de la lámpara y se sume en el sueño respirando hondamente. Envidio su indiferencia. ¿Tendrá, en algún escondido rincón de su ser, una rendija donde aceche un pavor desconocido? No lo creo. Por eso es de temer.

Abril 2

De nuevo varados en los bancos de arena que se formaron en un momento mientras orillamos para arreglar una avería. Ayer subieron dos soldados que van al puesto fronterizo para curarse los ataques de malaria. Tirados sobre las hojas de palma, tiritan sacudidos por la fiebre. Sus manos no abandonan el fusil que golpea con monótona regularidad contra el piso metálico.

Establezco, sabiendo de su candorosa inutilidad, algunas reglas de vida. Es uno de mis ejercicios favoritos. Me hace sentir mejor y creo con ello poner en orden algo en mi interior. Viejos rezagos del colegio de los jesuitas, que de nada sirven y a nada conducen, pero que tienen esa condición de ensalmo bienhechor al que me acojo cuando siento que ceden los cimientos. Veamos:

Meditar el tiempo, tratar de saber si el pasado y el futuro son válidos y si en verdad existen, nos lleva a un laberinto que, por familiar, no es menos indescifrable.

Cada día somos otro, pero siempre olvidamos que igual sucede con nuestros semejantes. En esto tal vez consista lo que los hombres llaman soledad. O es así, o se trata de una solemne imbecilidad.

Cuando le mentimos a una mujer volvemos a ser el niño desvalido que no tiene asidero en su desamparo. La mujer, como las plantas, como las tempestades de la selva, como el fragor de las aguas, se nutre de los más oscuros designios celestes. Es mejor saberlo desde temprano. De lo contrario, nos esperan sorpresas desoladoras.

Un golpe de cuchillo en el cuerpo de alguien que duerme. Los escuetos labios de la herida que no sangra. El vértigo, el estertor, la quietud final. Así ciertas certezas que nos asesta la vida, la indescifrable, la certera, la errática e indiferente vida.

Hay que pagar ciertas cosas, otras siempre se quedan debiendo. Eso creemos. En el "hay que" se esconde la trampa. Vamos pagando y vamos debiendo y muchas veces ni siquiera lo sabemos.

Los gavilanes que gritan sobre los precipicios y giran buscando su presa son la única imagen que se me ocurre para evocar a los hombres que juzgan, legalizan y gobiernan. Malditos sean.

Una caravana no simboliza ni representa cosa alguna. Nuestro error consiste en pensar que va hacia alguna parte o viene de otra. La caravana agota su significado en su mismo desplazamiento. Lo saben las bestias que la componen, lo ignoran los caravaneros. Siempre será así.

Poner el dedo en la llaga. Oficio de hombres, tarea bastarda que ninguna bestia sería capaz de cumplir. Necedad de profetas y de charlatanes agoreros. Mala calaña y, sin embargo, tan escuchada y tan solicitada.

Todo lo que digamos sobre la muerte, todo lo que se quiera bordar alrededor del tema, no deja de ser una labor estéril, por entero inútil. ¿No valdría más callar para siempre y esperar? No se lo pidas a los hombres. En el fondo deben necesitar la parca, tal vez pertenezcan exclusivamente a sus dominios.

Un cuerpo de mujer sobre el que corre el agua de las torrenteras, sus breves gritos de sorpresa y de júbilo, el batir de sus miembros entre las espumas que arrastran rojos frutos de café, pulpa de caña, insectos que luchan por salir de la corriente: he ahí la lección de una dicha que, de seguro, jamás vuelve a repetirse.

En el Crac de los Caballeros de Rodas, cuyas ruinas se levantan en un acantilado cerca de Trípoli, hay una tumba anónima que tiene la siguiente inscripción: "No era aquí". No hay día en que no medite en estas palabras. Son tan claras y al mismo tiempo encierran todo el misterio que nos es dado soportar.

¿En verdad olvidamos buena parte de lo que nos ha sucedido? ¿No será más bien que esta porción del pasado sirve de semilla, de anónimo incentivo para que partamos de nuevo hacia un destino que habíamos abandonado neciamente? Torpe consuelo. Sí, olvidamos. Y está bien que así sea.

Ensartar, una tras otra, estas sabias sentencias de almanaque, bisutería inane nacida del ocio y de la obligada espera de un cambio de humor de la corriente, sólo sirve, al final, para dejarme aún más desprovisto de la energía necesaria para enfrentar el trabajo aniquilador de este clima de maldición. Torno a recorrer la lista y las escuetas biografías de quienes asaltaron al de Orléans en su lóbrega esquina de la Rue Vieille-du-Temple y a enterarme de su posterior castigo en manos de Dios o de los hombres; que de todo hubo.

Abril 7

Antier murió uno de los soldados. Acababan de disolverse los bancos de arena y el motor se había puesto en movimiento cuando el golpeteo de uno de los fusiles cesó de repente. El práctico me llamó para que le ayudara a examinar el cuerpo que yacía inmóvil, mirando a la espesura en medio de un charco de sudor que empapaba las hojas de palma. El compañero había tomado el fusil del difunto y observaba a éste sin decir palabra. "Hay que enterrarlo ahora mismo" —comentó el práctico con el tono de quien sabe lo que dice. "No —contestó el soldado— tengo que llevarlo al puesto. Allá están sus cosas y mi teniente tiene que hacer el parte". Nada dijo el práctico, pero era claro que el tiempo le iba a dar la razón. En efecto, hoy atracamos para enterrar el cuerpo que se había hinchado monstruosamente y dejaba una estela de fetidez que atrajo una nube de buitres. Encima de los soportes del toldo de popa se había instalado ya el rey de la bandada, un hermoso buitre de luciente azabache con su gorguera color naranja y su opulenta corona de plumas rosadas. Parpadeaba dejando caer una membrana azul celeste con la regularidad de un obturador fotográfico. Sabíamos que mientras él no diera el primer picotazo al cadáver los demás jamás se acercarían. Cuando cavamos la fosa, en el límite del playón y la selva, nos miraba desde su atalaya con una dignidad no exenta de cierto desprecio. Hay que reconocer que la belleza del majestuoso animal se imponía hasta el punto de que su presencia dio al apresurado funeral un aire heráldico, una altivez militar acordes con el silencio del lugar, interrumpido apenas por el golpe de la corriente contra el fondo plano de la barca.

Viajamos por una región en donde los claros se suceden con exactitud que parece obra de los hombres. El río se remansa y apenas se nota la resistencia del agua a nuestro avance. El soldado sobreviviente ha superado la crisis y toma las blancas pastillas de quina con una resignación castrense. Ahora cuida las dos armas de las que nunca se desprende. Conversa con nosotros bajo el parasol del Capitán y nos relata historias de los puestos de avanzada, la convivencia con los soldados del país fronterizo y las riñas de cantina los días de fiesta, que terminan siempre con varios muertos de uno y otro bando que son enterrados con honores militares como si hubiesen caído en cumplimiento del deber. Tiene la malicia de los hombres del páramo, silba las eses cuando habla y pronuncia con esa peculiar rapidez que hace las frases difíciles de comprender mientras nos acostumbramos al ritmo de un idioma usado más para ocultar que para comunicar. Cuando Ivar comienza a preguntarle sobre ciertos detalles del puesto fronterizo relacionados con el equipo que usan y con el número de conscriptos que alberga, entrecierra los ojos, sonríe ladino y contesta algo que nada tiene que ver con la cuestión. De todos modos no parece sentir mucha simpatía por nosotros y creo que no nos perdona el que hayamos enterrado a su compañero sin su consentimiento. Pero hay, además, otra razón más simple. Como toda persona que ha recibido una formación militar, para él los civiles somos una suerte de torpe estorbo que hay que proteger y tolerar; siempre empeñados en negocios turbios y en empresas de una flagrante necedad. No saben mandar ni saben obedecer, o sea, no saben pasar por el mundo sin sembrar el desorden y la inquietud. Hasta en el más nimio gesto nos lo está diciendo todo el tiempo. En el fondo siento envidia, y aunque siempre estoy tratando de minar su inexpugnable sistema, no puedo menos de reconocer que éste lo preserva del sordo estrago de la selva cuyos efectos comienzan a manifestarse en nosotros con aciaga evidencia.

La comida que prepara el práctico es simple y monótona: arroz convertido en una pasta informe, frijoles con carne seca y plátano frito. Luego, una taza de algo que pretende ser café, en verdad un aguachirle de sabor indefinido, con trozos de azúcar mascabado que dejan en la taza un sedimento inquietante de alas de insectos, residuos vegetales y fragmentos de origen incierto. El alcohol no aparece jamás. Sólo el Capitán lleva siempre consigo una cantimplora con aguardiente, de la que toma con implacable regularidad algunos tragos y jamás ofrece a los demás viajeros. Tampoco dan ganas de probar la tal pócima que, a juzgar por el aliento que despide su dueño, debe ser un destilado de caña de la más ínfima calidad, producido de contrabando en alguna ranchería del interior, y cuyos efectos saltan a la vista.

Después de cenar, cuando el soldado terminó sus historias, todos se dispersaron. Yo permanecí en la proa en espera de un poco de aire fresco. El Capitán, con las piernas colgando sobre la borda, disfrutaba su pipa. El humo se supone que ahuyenta los mosquitos, lo que en este caso no me sorprendería dada la pésima calidad de la picadura cuyo agrio aroma no recuerda para nada el del tabaco. El hombre se sentía comunicativo, cosa en él poco frecuente. Empezó a relatarme su historia, como si la locuacidad del soldado le hubiera soltado la lengua por un proceso de ósmosis muy común en los viajes. Lo que pude sacar en claro de ese monólogo desarticulado, dicho con voz pedregosa y en el que intercalaba largos períodos circulares, carentes de sentido alguno, no dejó de interesarme. Había episodios que me resultaron familiares y que bien podían haber pertenecido a ciertas épocas de mi propio pasado.

Había nacido en Vancouver. Su padre fue minero y luego pescador. Su madre era piel roja y había huido con su padre. Los hermanos de ella los persiguieron durante semanas, hasta que un día consiguió que un tabernero amigo suyo los emborrachara. Cuando salieron, los estaba esperando en las afueras, y allí los mató. La india aprobó la conducta de su hombre y se casaron a los pocos días en una misión católica. La pareja hacía una vida itinerante. Cuando él nació, lo dejaron al cuidado de las monjas de la misión. Un día no regresaron más. Al cumplir quince años, el muchacho huyó de allí y empezó a trabajar como ayudante de cocina en los barcos pesqueros. Más tarde se alistó en un buque-tanque que llevaba combustible para Alaska. En el mismo barco viajó luego al Caribe, y durante algunos años hizo la ruta entre Trinidad y las ciudades costeras del continente. Transportaban gasolina de aviación. El capitán del barco se encariñó con el muchacho y le enseñó algunos rudimentos del arte de navegar. Era un alemán al que le faltaba una pierna. Había sido comandante de submarino. No tenía familia y desde la mañana comenzaba a beber una mezcla de champaña y cerveza ligera, acompañada de pequeños bocadillos de pan negro con arenques, queso roquefort, salmón o anchoas. Un día amaneció muerto, tirado en el suelo de su camarote. En la mano apretaba la Cruz de Hierro que escondía debajo de la almohada y enseñaba con orgullo en la altamar de sus borracheras. Empezó entonces para el joven una larga peregrinación por los puertos de las Antillas, hasta que vino a recalar en Paramaribo. Allí se organizó con la dueña de un burdel, una mulata con mezcla de sangres negra, holandesa e hindú. Era inmensamente gorda, de un carácter jovial, fumaba constantemente unos puros delgados hechos por las pupilas de la casa. Le encantaban los chismes y lleva-

ba el negocio con un talento admirable. Nuestro
hombre se aficionó al ron con azúcar fundido y li-
món. Cuidaba de tres mesas de billar que había a la
entrada del establecimiento, más para distraer a las
autoridades que para beneficio de los clientes. Pasa-
ron varios años; la pareja se entendía y complemen-
taba en forma tan ejemplar que llegó a ser una
institución de la que se hablaba en todas las islas.
Llegó un día una muchacha china a trabajar en la
casa. Sus padres la vendieron a la dueña y fueron a
instalarse en Jamaica con el dinero recibido. Le es-
cribieron dos o tres postales y luego no volvió a saber
de ellos. La nueva pupila no tenía aún dieciséis años,
era menuda, silenciosa y apenas hablaba unas pocas
palabras en papiamento. El marino se fijó en ella y la
llevó a su cuarto varias veces, bajo la mirada tole-
rante y distraída de la matrona. Acabó por apasio-
narse de la china y huyó con ella, llevándose algunas
joyas de la dueña y el poco dinero que había en la
caja del billar. Rodaron algún tiempo por el Caribe,
hasta cuando fueron a parar a Hamburgo en un carguero sueco en el que trabajó como ayudante de bodega. En Hamburgo gastaron el poco dinero que
habían logrado reunir. Ella se contrató en un cabaret
de Sankt-Pauli. Hacía un número de complicada
calistenia erótica con dos mujeres más. Subían las
tres a un pequeño escenario y allí duraban muchas
horas en una inagotable pantomima que excitaba a la
clientela mientras ellas permanecían ausentes, con-
servando en el rostro una sonrisa de autómatas y en
el cuerpo una elasticidad de contorsionistas que no
conocía la fatiga. La china pasó luego a participar en

34

un *sketch* con un tártaro gigantesco, algo acromegáli-
co, y una clarinetista clorótica que se encargaba del
comentario musical de la rutina asignada a la pareja.
Un día, el Capitán —ya se llamaba así entonces— se
vio involucrado en un negocio de tráfico de heroína
y tuvo que abandonar Hamburgo y a la china para no
caer en manos de la policía.

El Capitán mencionó luego una indescifrable historia en donde figuraban Cádiz y un negocio de ban-
derines del alfabeto náutico que, merced a ciertas,
casi imperceptibles alteraciones, permitían comunicarse entre sí a los barcos que traían algún cargamento ilegal. No pude saber si se trataba de armas, de
mano de obra levantina o de mineral de uranio sin
tratar. Allí también se insertaba una historia de mujeres. Alguna de ellas acabó por hablar, y la Guardia
civil allanó el taller donde fabricaban las banderas de
marras. No entendí cómo el hombre logró librarse a
tiempo. Recaló en Belem do Pará. Allí trabajó en el
comercio de piedras semipreciosas. Fue remontando
el río dedicado a toda suerte de transacciones, sumi-
do ya en el alcoholismo sin regreso. Compró el planchón en un puesto militar donde remataban equipo
obsoleto de la armada y se internó por la intrincada
red de afluentes que se entrecruzan en la selva formando un laberinto delirante. En medio de la niebla
que entorpece sus facultades, ha conservado, por alguna extraña razón que se escapa a toda lógica, una
destreza infalible para orientarse y un poder de mando sobre sus subordinados que le guardan esa mezcla
de temor y confianza sin reservas de la que él se
aprovecha sin escrúpulos, pero con ladina paciencia.

Abril 10

El clima empieza a cambiar paulatinamente. Debemos estar acercándonos ya a las estribaciones de la cordillera. La corriente es más fuerte y el cauce del río se va estrechando. En las mañanas, el canto de los pájaros se oye más cercano y familiar y el aroma de la vegetación es más perceptible. Estamos saliendo de la humedad algodonosa de la selva, que embota los sentidos y distorsiona todo sonido, olor o forma que tratamos de percibir. En las noches corre una brisa menos ardiente y más leve. La anterior nos hacía perder el sueño con su vaho mortecino y pegajoso. Esta madrugada tuve un sueño que pertenece a una serie muy especial. Viene siempre que me aproximo a la tierra caliente, al clima de cafetales, plátanos, ríos torrentosos y arrulladoras, interminables lluvias nocturnas. Son sueños que preludian la felicidad y de los que se desprende una particular energía, una como anticipación de la dicha, efímera, es cierto, y que de inmediato se transforma en el inevitable clima de derrota que me es familiar. Pero basta esa ráfaga que apenas permanece y que me lleva a prever días mejores, para sostenerme en el caótico derrumbe de proyectos y desastradas aventuras que es mi vida. Sueño que participo en un momento histórico, en una encrucijada del destino de las naciones y que contribuyo, en el instante crítico, con una opinión, un consejo que cambian por completo el curso de los hechos. Es tan decisiva, en el sueño, mi participación y tan deslumbrante y justa la solución que aporto, que de ella mana esa suerte de confianza en mis poderes que barre las sombras y me encamina hacia un

disfrute de mi propia plenitud, con tal intensidad
que, cuando despierto, perdura por varios días su
fuerza restauradora.

Soñé que me encontraba con Napoleón el día después de Waterloo, en Genappes o sus alrededores, en
una casa de campo de estilo flamenco. El Emperador,
en compañía de algunos ayudantes y civiles atónitos,
se pasea en un pequeño aposento con unos pocos
muebles desvencijados.

Me saluda distraído y sigue su agitado caminar.
"¿Qué pensáis hacer, Sire?", le pregunto en el tono
caluroso y firme de quien lo conoce hace mucho
tiempo. "Me entregaré a los ingleses. Son soldados de
honor. Inglaterra ha sido siempre mi enemigo, ellos
me respetan y son los únicos que pueden garantizar
mi seguridad y la de mi familia". "Ese sería un grave
error, Majestad —le comento con la misma firmeza—. Los ingleses son gente sin palabra y sin honor, y
su guerra en los mares ha estado llena de trampas
arteras y de cínica piratería. Su condición de isleños
los hace desconfiados y ven en todo el mundo un
enemigo". Napoleón se sonríe y me comenta: "Olvi-
dáis, acaso, que soy corso?" Me sobrepongo a la confusión que me causa mi inadvertencia y sigo
argumentando a favor de escapar hacia América del
Sur o a las islas del Caribe. Participan en la contro-
versia los demás circunstantes; el Emperador vacila y,
finalmente, se inclina por mi sugerencia. Viajamos
hacia un puerto que se parece a Estocolmo, y allí nos
embarcamos hacia Sur América en un vapor movido
por una gran rueda lateral y que conserva aún su
velamen para apoyar el trabajo de las calderas.
Napoleón hace algún comentario sobre la novedad

de tan extraño navío y yo le comento que en América del Sur hace muchos años que navegan estas embarcaciones, que son muy rápidas y seguras, y los ingleses jamás podrán darnos alcance. "¿Cómo se llama este barco?" —pregunta Napoleón con curiosidad mezclada de recelo. "Mariscal Sucre, Sire", le respondo. "¿Quién era ese soldado? Nunca escuché antes su nombre". Le cuento la historia del Mariscal de Ayacucho y su artero asesinato en la montaña de Berruecos. "¿ Y allí me lleva usted?", me increpa Napoleón mirándome con franca desconfianza. Ordena a sus oficiales que me detengan, y éstos ya se abalanzan sobre mí cuando el estruendo de las máquinas que cambian de régimen los deja atónitos mientras miran el humo negro y espeso que sale de la chimenea. Me despierto. Por un momento perduran, confundidos, el alivio de estar a salvo y la satisfacción de haber dado un consejo oportuno al Emperador, evitándole los años de humillación y miserias en Santa Helena. Ivar me observa asombrado, y me doy cuenta que estoy riendo en forma que a él debe parecerle inexplicable e inquietante. Hemos llegado a los primeros rápidos, casi imperceptibles. El motor ha tenido que redoblar su esfuerzo. Ese fue el ruido que me despertó. La lancha se mece y da tumbos como si se desperezara. Una bandada de loros cruza el cielo en una algarabía gozosa que se va perdiendo a lo lejos como una promesa de ventura y disponibilidad sin límites.

El soldado anuncia que pronto llegaremos al puesto militar. Creí sorprender una ráfaga de inquietud, de agazapada incertidumbre, en los rostros del práctico y del estoniano. Algo se va concretando respecto a estos dos compinches en alguna fechoría o socios en alguna empresa sospechosa. Aprovechando un momento en que el Capitán estaba pasablemente lúcido y los compadres conversaban en voz baja con el soldado, tendidos los tres en la proa y echándose agua en la cara para refrescarse, le pregunté al hombre si sabía algo al respecto. Me miró largamente y se concretó a comentar: "Terminarán bajo tierra uno de estos días. Ya se sabe de ellos más de lo que les conviene. No es la primera vez que hacen juntos esta travesía. Puedo arreglarles las cuentas ahora, pero prefiero que sean otros los que lo hagan. Son unos infelices. No se preocupe". Como buena parte de mi vida se ha perdido en tratos con infelices de pelaje semejante, no es preocupación lo que siento, sino hastío al ver acercarse un episodio más de la misma, repetida y necia historia. La historia de los que tratan de ganarle el paso a la vida, de los listos, de los que creen saberlo todo y mueren con la sorpresa retratada en la cara: en el último instante les llega siempre la certeza de que lo que les sucedió es, precisamente, que nada comprendieron ni nada tuvieron jamás entre las manos. Viejo cuento; viejo y aburrido.

Abril 12

Al mediodía escuchamos el zumbido de un motor. Pocos minutos después comenzó a volar alrededor de la lancha un hidroavión Junker. Es un modelo que pertenece a los tiempos heroicos de la aviación en estas regiones. No pensé que aún existieran en servicio. Tiene seis plazas y el fuselaje es de lámina ondulada. El motor suele toser a veces y el hidroavión desciende, entonces, a ras del agua por si se presenta una avería. Un cuarto de hora después desapareció a lo lejos para alivio del práctico y su amigo, que habían estado tensos y en guardia durante todo el tiempo que el aparato sobrevoló a nuestro alrededor. Comimos el rancho de siempre y estábamos durmiendo la siesta cuando de repente el Junker acuatizó frente a nosotros y se acercó a la lancha. Un oficial en camisa caqui, sin gorra ni insignias reglamentarias, descendió a los flotadores y desde allí nos hizo señas de orillarnos en un lugar que nos indicó. Su tono era autoritario y no anunciaba nada bueno. Así lo hicimos, seguidos por el Junker con el motor a media marcha. Atracamos y del avión bajaron dos militares que saltaron a la lancha de inmediato. Llevaban pistolas al cinto, ninguno tenía insignias, pero por el porte y la voz era fácil deducir que eran oficiales. El piloto tenía aún puestos unos guantes con las puntas de los dedos desgarradas, y en la camisa mostraba las alas de plata de la aviación militar. Permaneció en los mandos mientras los dos oficiales nos ordenaban traer nuestros papeles y permanecer reunidos bajo el toldo de popa. El soldado se unió de inmediato a sus superiores y uno de ellos tomó el fusil del muerto. El que nos había dado orden de atracar comenzó a interrogarnos con nuestros papeles en la mano y sin mirarlos siquiera. Al Capitán y al mecánico se ve que ya los conocía. Únicamente preguntó al primero dónde iba. Este respondió que al aserradero, y fue a refugiarse bajo su parasol después de tomar un trago de la cantimplora. El mecánico regresó a su motor. El interrogatorio del práctico y de

Ivar fue mucho más detallado y a medida que las respuestas de éstos se hacían más vagas y su temor más evidente, el otro oficial y el soldado se fueron corriendo lentamente hasta quedar a espaldas de los sospechosos, con el claro propósito de impedirles saltar al agua. Al terminar con ellos se acercó a mí, preguntó mi nombre y el objeto del viaje. Le di mi nombre, y el Capitán, sin dejarme continuar, respondió en mi lugar: "Viene conmigo al aserradero. Es de confianza". El oficial no me quitaba los ojos de encima y parecía no haber escuchado las palabras del Capitán. "¿Trae armas?", me preguntó con la voz seca de quien está acostumbrado a mandar. "No", le respondí en voz baja. "No señor, aunque se demore un poco", añadió apretando los labios. "¿Trae dinero?", "Sí... señor, un poco". "¿Cuánto?". "Dos mil pesos." Se dio cuenta de que no estaba diciendo la verdad y me volvió la espalda para ordenar. "Suban a estos dos al avión". El práctico y el estoniano hicieron un leve gesto de resistencia, pero cuando sintieron los cañones de los fusiles contra sus espaldas obedecieron mansamente. Ya iban a entrar en la cabina cuando el oficial gritó "¡Amárrenles las manos a la espalda, pendejos!". "No hay con qué, mi mayor", se disculpó el otro oficial. "¡Con los cinturones, carajo!" Mientras el soldado les apuntaba, el oficial dejó el fusil en el piso de la cabina y ató a los detenidos con sus propios cinturones. Las grotescas posturas de la pareja para impedir que se les cayeran los pantalones no produjeron la menor reacción en los presentes. Los subieron al hidroavión, y el piloto se sentó frente a los mandos. El Mayor se nos quedó mirando y, luego, dirigiéndose al Capitán, le habló en un tono neutro y

41

ya menos castrense: "No quiero problemas, Capi. Usted siempre ha sabido manejarse aquí sin buscar líos, siga así y nos entenderemos como siempre. Y usted —me señaló con el dedo como si fuera un recluta— haga su trabajo y lárguese después de aquí. No tenemos nada contra los extranjeros, pero entre menos vengan, mejor. Cuide su dinero. Ese cuento de los dos mil pesos se lo va a contar a su madre; a mí, no. No me importa cuánto tenga, pero es bueno que sepa que aquí matan por diez centavos para comprar aguardiente. Respecto al aserradero. Bueno. Ya verá usted por sí mismo. Lo quiero ver bajando el Xurandó lo más pronto posible, eso es todo". Nos volvió la espalda sin despedirse y subió al lado del piloto cerrando la portezuela con un estrépito de metales desajustados que repercutió en las dos orillas. El Junker se alejó hasta subir lenta y trabajosamente y perderse a lo lejos casi rozando las copas de los árboles.

El Capitán no pareció oír las palabras del Mayor. Seguía sentado en la hamaca sin pronunciar palabra. Alzó luego la cara hacia mí para comentar: "Nos salvamos, amigo; nos salvamos en un hilo. Ya le contaré más tarde. No sabía que él estaba de nuevo al mando de la base. Conoce la vida de todos los que andamos por aquí. Lo habían llamado del Estado Mayor y creí que no volvería. Por eso me arriesgué a traer a esos dos. No sé por qué no cargó también con nosotros. Por menos que eso se ha echado a muchos. A ver si en el puesto consigo un práctico. Yo ya no estoy para estas bregas. Ya sabe dónde están los bastimentos. Yo como muy poco, así que tendrá que hacerse su comida. Por mí no se preocupe. El mecánico también sabe arreglárselas por su cuenta. De todos modos no puede cocinar porque el motor hay que cuidarlo. Él trae su propia comida y allá abajo la prepara a su manera. Vamos, pues". El mecánico regresó a la proa para ocupar el lugar del práctico. Dio marcha atrás y se enfiló corriente arriba por la mitad del río. A medida que va cayendo la tarde me doy cuenta que desaparece la tensión, el ambiente enrarecido y maligno que creaban el práctico e Ivar con su intercambio de miradas, sus palabras en voz baja y su presencia perturbadora y viciada. La ciega lealtad del mecánico al capitán, su silencio y su entrega a la tarea de mantener en marcha ese motor que hace años tendría que haber cumplido su servicio y convertirse en chatarra le dan al personaje ciertos toques de ascético heroísmo.

Abril 13

Este contacto con un mundo que se había borrado de la memoria por obra del extrañamiento y del sopor en que nos sepulta la selva ha sido más bien reconfortante, a pesar de las señales de peligro que dejó presentes el Mayor con sus palabras y advertencias perentorias. Es más, el peligro mismo me regresa a la rutina cotidiana del pasado y la puesta en marcha de los mecanismos de defensa, de la atención necesaria para enfrentar las dificultades fáciles de prever, son otros tantos estímulos para salir de la apatía, del limbo impersonal y paralizante en el que estaba instalado con alarmante conformidad.

La vegetación se hace más esbelta, menos tupida. El cielo está a la vista durante buena parte del día, y,

en la noche, las estrellas, con la cercanía familiar que
las distingue en la zona ecuatorial, despiden esa aura
protectora, vigilante, que nos llena de sosiego al
darnos la certeza, fugaz, si se quiere, pero presente en
el reparador trecho nocturno, de que las cosas siguen
su curso con la fatal regularidad que sostiene a los
hijos del tiempo, a las criaturas sumisas al destino, a
nosotros los hombres. La cantidad de facturas y me-
moriales de aduanas que encontré en la cala de la
lancha y que el Capitán me obsequió para escribir
este diario, único alivio al hastío del viaje, se están
terminando. También el lápiz de tinta está llegando
a su fin. El Capitán me explica que en la base militar,
a donde llegaremos mañana, podré conseguir nueva
provisión de papeles y otro lápiz. No me imagino so-
licitando ese favor, tan simple y tan candorosamente
personal, al autoritario Mayor, cuya voz aún está presente en mis oídos. No sus palabras, sino el acento
metálico, desnudo, seco como un disparo, que nos
deja inermes, desamparados y listos a obedecer cie-
gamente y en silencio. Advierto que esto es nuevo
para mí y que jamás había estado sujeto a una prueba
semejante, ni en mi vida de marino, ni en mis variados oficios y avatares en tierra. Ahora entiendo cómo
se lograron las arrolladoras cargas de los coraceros.
Pienso si eso que solemos llamar valor no sea sino
una entrega incondicional a la energía incontenible,
neutra, arrasadora de una orden emitida en ese tono.
Habría que meditarlo con más detenimiento.

Abril 14

Esta madrugada llegamos al puesto militar. Amarrado a un pequeño muelle de madera, el Junker se mece al impulso de la corriente. Ese avión de otros tiempos, con su lámina ondulada y su nariz pintada de negro, su motor radial y sus alas medio oxidadas, es una presencia anacrónica, una aparición aberrante que no sabré dónde colocar después en mis recuerdos. El puesto consta de una construcción paralela al curso del río, con tejado de zinc y paredes de tela metálica sostenida en bastidores. En el centro está la pequeña oficina de la comandancia, frente a la cual se alza un mástil con la bandera, en medio de un terraplén donde todo el día están barriendo los soldados que cumplen un castigo. En las dos alas de la construcción están las hamacas de la tropa y se distinguen pequeños cubículos para los oficiales con una hamaca cada uno. Nos salió a recibir un sargento que nos condujo a la comandancia. El Mayor nos acogió como si nunca nos hubiera visto. No fue cortés, ni sus modales castrenses han cambiado, pero ahora mantuvo una distancia y una indiferencia que, a tiempo que nos preserva del temor de despertar su inquina, también nos está indicando que la vigilancia no ha aflojado, sino que se aleja un poco para cubrir otras áreas de la diaria rutina del puesto.

Nos acomodaron en el extremo del ala derecha. El mecánico prefirió regresar a la lancha y dormir en su hamaca al lado del motor. Comimos con los soldados en una larga mesa colocada al aire libre, en la parte trasera del edificio. Un poco de pescado de río y la posibilidad de acompañarlo con cerveza me hicieron sentir ante un banquete imprevisto. Después de la comida, el soldado que viajó con nosotros vino a saludarnos. Encendimos unos cigarros que nos obsequió y los fumamos, más para espantar los mosquitos que por placer de saborear el tabaco que era muy fuerte. Le preguntamos por los presos que habían subido al Junker. Sin responder, miró hacia el cielo y bajó la mirada hacia el piso con una elocuencia que no necesitaba más explicaciones. Se hizo un breve silencio y luego comentó en tono que intentaba ser natural: "Las ejecuciones hacen ruido y hay que llenar muchos trámites. En cambio, así caen en la selva y el suelo es tan pantanoso que, con el impacto, ellos mismos cavan su tumba. Nadie pregunta más y la cosa se olvida pronto. Aquí hay mucho que hacer". El Capitán chupaba su cigarro mirando hacia la selva y palpaba su cantimplora como quien se asegura de tener consigo el conjuro de toda desgracia. No era para él novedad alguna esta manera sumaria de liquidar a los indeseables. En cuanto a mí, debo confesar que, después del primer escalofrío que me recorrió la espalda, muy pronto olvidé el asunto. Ahora que vuelvo a pensar en ello, me doy cuenta de que el sentido que se embota primero, a medida que la vida se nos va viniendo encima, es el de la piedad. La tan llevada y traída solidaridad humana que jamás ha significado para mí nada concreto. Se la menciona en circunstancias de pasajero pánico. Entonces pensamos más bien en el apoyo de los demás y no en el que nosotros podríamos ofrecerles. Nuestro compañero de travesía se despidió y nos quedamos un rato contemplando el cielo estrellado y la luna llena cuya perturbadora proximidad nos llevó a preferir el dormitorio y el reposo en nuestras hamacas. Le había pedido a nuestro amigo si podía conseguirme un poco de papel y un lápiz nuevo. Al rato llegó con ellos. Me explicó, con una sonrisa que no pude descifrar: "Se los envía mi Mayor y le manda decir que ojalá le sirvan para apuntar lo que debe y no lo que quiere". Era evidente que repetía el recado con fidelidad impersonal que lo hacía aún más sibilino. El silencio de la noche y la ausencia del motor, a cuyo ruido ya me había acostumbrado, me mantienen despierto por largo rato. Escribo para conciliar el sueño. No sé cuándo vamos a partir. Entre más pronto creo que será mejor. Este no es lugar para mí. De todos los sitios que me han acogido en este mundo, y que son tantos y tan variados que ya he perdido la cuenta, éste, sin duda, es el único en donde todo me es hostil, ajeno, cargado de un peligro con el cual no sé cómo negociar. Me prometo jamás volver a pasar por esta experiencia que maldita la falta que me hacía.

Abril 15

Esta mañana, cuando nos preparábamos para partir, regresó el hidroavión que había salido al amanecer con el Mayor y el piloto. El mecánico comenzó a calentar el motor diesel, y el Capitán, con el nuevo práctico que le facilitaron en la base, acomodaba las provisiones en la cala. Un soldado me llamó desde la orilla. El Mayor quería hablar conmigo. El Capitán me miró con recelo y algo de temor. Era evidente que pensaba más en él que en mí en ese momento. Cuando entraba a la comandancia, el Mayor salía de la oficina. Me hizo un gesto con la mano como si quisiera tomarme del brazo para invitarme a pasear con él por el terraplén. Lo seguí. En su rostro moreno y regular, adornado con un bigote negro, cuidado con escrúpulo pero sin coquetería, se paseaba una expresión entre irónica y protectora que nunca acababa de ser cordial pero que, sin embargo, infundía una cierta confianza.

—¿Así que está resuelto a subir hasta los aserraderos? —comentó mientras encendía un cigarrillo.

—¿Aserraderos? Me habían hablado de uno nada más.

—No, son varios —contestó mientras observaba la lancha con mirada distraída.

—Bueno, no creo que eso cambie mucho el asunto. Lo importante es arreglar la compra de la madera y bajarla luego por el río —respondí mientras me subía por el estómago una sensación de ansiedad ya familiar: me indica cuándo empiezo a tropezar con los obstáculos de una realidad que había ido ajustando engañosamente a la medida de mis deseos.

Terminamos de recorrer el terraplén. El Mayor fumaba con una morosa delectación, como si fuera el último cigarrillo de su vida. Al final del trayecto se detuvo, volvió a mirarme de frente y me dijo:

—Ya se las arreglará usted como pueda. No es asunto mío. Una cosa le quiero advertir: usted no es hombre para permanecer aquí mucho tiempo. Viene de otros países, otros climas, otras gentes. La selva no tiene nada misterioso, como suele creerse. Ese es su peligro más grande. Es, ni más ni menos, esto que

usted ha visto. Esto que ve. Simple, rotunda, uniforme, maligna. Aquí la inteligencia se embota, el tiempo se confunde, las leyes se olvidan, la alegría se
desconoce, la tristeza no cuaja —hizo una pausa y as-
piró una bocanada de humo que fue expulsando a
tiempo que hablaba—. Ya sé que le contaron lo de los
presos. Cada uno tenía una historia para llenar muchas páginas de un expediente que nunca se levanta-
rá. El estoniano vendía indios al otro lado. Los que
no lograba vender, los envenenaba y luego los tiraba
al río. Después vendió armas a los cultivadores de
coca y de amapola y nos informaba luego la ubicación
de sus plantíos y de sus campamentos. Mataba sin razón y sin rabia. Sólo por hacer el daño. El práctico no
se le quedaba atrás, pero era más ducho y sólo hasta
hace unos meses logramos concretar su participación
en una matanza de indios organizada para vender las
tierras que el gobierno les había concedido. Bueno, es
inútil que le cuente más sobre estos dos elementos.
También el crimen es aburrido y tiene muy pocas va-
riaciones. Lo que quería explicarle es esto: si los en-
vío con una escolta al juzgado más cercano, eso toma
diez días de viaje. Arriesgo seis soldados que corren
el peligro de caer en un simulacro de soborno que
luego les cuesta la vida, o ser asesinados por los
cómplices que estos delincuentes tienen en las
rancherías. Seis soldados son para mí muy valiosos.
Indispensables. En un momento dado pueden signifi-
car algo de vida o muerte. Además, los jueces... Bueno, ya usted se imagina. No tengo que decírselo. Esto
se lo cuento, no para disculparme, sino para que
tenga una idea de cómo son aquí las cosas —otra

pausa—. Veo que ya se hizo amigo del Capitán, ¿verdad? —asentí con la cabeza—. Es un buen hombre mientras tiene qué beber. Si le falta el trago se convierte en otra persona. Cuide que no suceda. Pierde la razón y es capaz de las peores barbaridades. Luego no se acuerda de nada. También noto que usted no se lleva bien con la vida del cuartel, ni con la gente de uniforme. No deja de tener razón. Lo comprendo perfectamente. Pero alguien tiene que hacer ciertas tareas, y para eso existimos los militares. He hecho cursos de estado mayor en el norte. En Francia permanecí dos años en una misión militar conjunta. En todas partes es lo mismo. Creo saber cuál ha sido su vida y es posible que se haya encontrado alguna vez con mis colegas. Cuando no estamos de servicio somos algo más tolerables. En nuestro trabajo nos formaron para ser... eso que usted ve —estábamos frente al desembarcadero—. Bueno, no lo detengo más. Viaje con cuidado. El práctico que llevan es hombre de confianza. Al regreso lo deja aquí. No confíe en nadie, y de la tropa no espere mucho, estamos en otras cosas. No podemos ocuparnos de extranjeros soñadores. Ya me comprende. —Me tendió la mano y, al estrechársela, me di cuenta que era la primera vez que lo hacía conmigo. Nos dirigimos al muelle. Cuando subí a la lancha me dio una palmada en el hombro y me habló en voz baja: "Vigile el aguardiente. Que no falte". Con un gesto se despidió del Capitán. Caminó hacia su oficina con un paso elástico y lento, el cuerpo erguido, un tanto envarado. Llegamos a mitad del río y comenzamos a remontar la corriente. El campamento se fue alejando hasta que se confundió con el borde de la selva. De vez en cuando, un reflejo del sol sobre el fuselaje del Junker nos indicaba el lugar como una advertencia cargada de presagios.

Abril 17

El nuevo práctico se llama Ignacio y tiene una cara llena de pálidas arrugas que le dan un aspecto de momia fresca. A través de los pocos dientes que le quedan salpica saliva mientras habla sin parar. Lo hace más consigo mismo que con los demás. Respeta al Capitán, a quien conoce desde hace mucho tiempo. Con el mecánico, por consiguiente, mantiene una amistad en la que él hace el gasto de la conversación y el otro pone su carácter manso y su inagotable talento para relacionar la vida circundante con la impredecible conducta del motor, cuyos súbitos cambios amenazan a cada instante con el colapso definitivo.

Me había engañado al pensar que, de aquí en adelante, el paisaje y el clima se irían pareciendo cada vez más al de la tierra caliente. En la tarde entramos de nuevo a la selva. Penumbra formada por las copas de los árboles y las lianas que se entrecruzan de una orilla a la otra. El motor suena con el eco de los ruidos en las catedrales. Aves, monos e insectos se lanzan en una gritería sin sosiego. No sé cómo lograré dormir. "Los aserraderos, los aserraderos", repito para mí a ritmo con el golpeteo del agua en la proa de la lancha. Estaba escrito que esto tenía que sucederme.

A mí y a nadie más. Hay cosas que nunca aprendo. Su presencia acumulada, en el curso de la vida, es lo que los necios llaman destino. Pobre consuelo.

Hoy, durante la siesta, soñé con lugares. Lugares donde he pasado largas horas vacías y que, sin embargo, están cargados de algún significado secreto. De ellos parte una señal que intenta develarme algo. El hecho mismo que haya soñado tales sitios es por sí vaticinador, pero no consigo descifrar el mensaje que me está destinado. Tal vez enumerándolos logre saber lo que quieren decirme:

Una sala de espera en la estación de una pequeña ciudad del Bourbonnais. El tren pasará después de media noche. La estufa de gas proporciona calefacción insuficiente y despide un olor a pantano que se pega a la ropa y se demora en las paredes manchadas de humedad. Tres carteles anuncian las maravillas de Niza, los encantos de la costa bretona y los deportes de invierno en Chamonix. Están descoloridos y sólo consiguen agregar mayor tristeza al ambiente. La sala está vacía. El pequeño compartimento del estanco de tabaco, donde también suele servirse café con unos *croissants* protegidos de las moscas por una campana de cristal con sospechosas huellas de grasa mezclada con el polvo que flota en el ambiente, se encuentra cerrado con rejas de alambre llenas de agujeros. Estoy sentado en un banco cuya dureza impide encontrar una posición que me permita dormir un rato. Cambio de postura de vez en cuando y miro el puesto de tabaco y las carátulas de unas revistas ajadas que se exhiben en un aparador, también protegido por las rejas de alambre. Alguien se mueve allá adentro. Sé que es imposible porque el expendio está contra un rincón en donde no hay puerta alguna. Sin embargo, a cada momento es más evidente que hay alguien ahí encerrado. Me hace señas y alcanzo a distinguir una sonrisa en ese rostro impreciso, no sé si de mujer o de hombre. Me dirijo hacia allí con las piernas entumidas por el frío y por la incómoda posición en que he estado durante tantas horas. Alguien susurra allá adentro palabras ininteligibles. Acerco la cara a la reja protectora y escucho un murmullo: "Más lejos, tal vez". Introduzco los dedos por entre el alambre, trato de mover la reja y en ese momento alguien entra en la sala de espera. Vuelvo a mirar. Es un guardia con su gorra reglamentaria. Es manco y trae la manga de la guerrera asegurada al pecho con un gancho de nodriza. Me mira receloso, no saluda y va a calentarse en la estufa, con evidente intención de mostrar que está allí para impedir que se infrinjan los reglamentos de la estación. Regreso a mi lugar en un estado de agitación indecible, con el corazón desbocado, la boca seca y la certeza de haber desoído un mensaje irrepetible y decisivo.

En un pantano en donde giran los mosquitos en nubes que se acercan y parten de repente en espiral vertiginosa veo los restos de un gran hidroavión de pasajeros. Es un Latecoére 32. La cabina está casi intacta. Entro y me siento en una silla de mimbre con su mesita plegable al frente. El interior está invadido de vegetación que cubre los costados y cuelga del techo. Flores amarillas, de un color intenso, casi luminoso, que recuerdan las del árbol de guayacán, penden graciosamente. Todo lo que podía servir para algo ha sido desmontado hace muchísimo tiempo. Adentro se respira una serena y tibia atmósfera que invita a quedarse para descansar un rato. Por una de las ventanillas, que desde hace años ha perdido el vidrio, entra un gran pájaro de pecho color cobrizo tornasolado y el pico con una mancha naranja. Se para sobre el respaldo de una silla, tres puestos adelante de mí y me mira con sus pequeños ojos que tienen reflejos también de cobre. Empieza, de pronto, a cantar en un trino ascendente que baja luego en una brusca escala como si mi presencia no le dejara terminar la frase que inició con tanto brío. Vuela por el techo del Laté buscando la salida y, cuando parte, dejando el eco de su canto en el ámbito vegetal del interior, siento que han caído sobre mí los ensalmos dañinos a que está expuesto el que visita·recintos que le son vedados. Un leve golpe de timón, allá adentro, en lo más secreto del alma, acaba de darse sin que hubiera podido intervenir, sin que siquiera se me tuviera en cuenta.

Un campo de batalla. La acción terminó el día anterior. Merodeadores con turbante despojan los cadáveres. Hace un calor húmedo que afloja los miembros, como una fiebre sin delirio. Entre los caídos hay algunos cuerpos con casacas rojas. Las insignias han desaparecido ya. Me acerco a un cadáver vestido con amplios pantalones de seda color pistacho y una chaquetilla bordada en oro y plata. No han podido robarla porque el cuerpo está atravesado con una lanza que penetra firmemente en el suelo y sujeta las vestiduras. Es un alto mandatario de rostro joven y cuerpo delgado y esbelto. Por su turbante me doy cuenta de que es un maharatta. Los merodeadores han desaparecido. De lejos se acerca un jinete de casaca roja. Detiene el caballo frente a mí y me pregunta: "¿A quién busca aquí?", "Busco el cuerpo del Mariscal de Turenne" —le respondo. Me mira con extrañeza. Sé que estoy equivocado de batalla, de siglo, de contendientes, pero no puedo rectificarme. El hombre se baja del caballo y me explica, ya con mayor cortesía: "Este es el campo de batalla de Assaye, en tierras que eran del Peshwah. Si desea hablar con Sir Arthur Wellesley, puedo llevarlo ahora mismo". No sé qué contestar. Me quedo allí parado como un ciego que trata de orientarse entre la gente. El jinete alza los hombros: "No puedo hacer nada por usted", y se aleja por donde vino. Empieza a oscurecer. Me pregunto dónde estará el cadáver de Turenne y a tiempo que lo pienso sé que todo es un error y que no hay nada que hacer. Huele a especias, a *patchouli*, a vendajes de herida que no se han cambiado en varios días, a sol sobre los muertos, a hoja de sable recién engrasada. Despierto con la deprimente certeza de haber equivocado el camino en donde me esperaba, por fin, un orden a la medida de mi ansiedad.

Estoy en un hospital. La cama se halla protegida por una tela que la oculta de los demás lechos de la sala. No estoy enfermo y no sé por qué me han traído aquí. Descorro uno de los lados de la cortina y veo que hay una semejante que protege otra cama. Un brazo de mujer la corre y descubro a Flor Estévez, vestida con una precaria camisa de las que usan los pacientes que han sido operados. Me mira sonriente mientras sus pechos, sus muslos y su sexo semioculto se ofrecen con un candor que no le es propio en la vida real. Como siempre, tiene el pelo desordenado como la melena de un animal mitológico. Me paso a su lecho. Comenzamos a acariciarnos con la febril presteza de quienes saben que cuentan con muy poco tiempo y que en breve llegará alguien. Cuando voy a entrar en ella se abren bruscamente las cortinas. Unos monaguillos las sostienen mientras un sacerdote insiste en darme la comunión. Forcejeo para cerrar la cortina. El cura guarda la hostia en un cáliz y un monaguillo le pasa una cajita de plata con los santos óleos. El sacerdote intenta aplicarme la extremaunción. Vuelvo a mirar a Flor Estévez que me evita avergonzada, como si todo hubiera sido preparado por ella con algún fin que se me escapa. Flor moja sus dedos en los óleos y trata de frotarme el miembro mientras canta una canción cuya tristeza me deja en el desamparo de un desenlace que vivo como un engaño atroz. Todo erotismo se ha esfumado por completo. Quiero gritar con la desesperación de un ahogado. Despierto con el sonido de mi propia voz que se apaga en un aullido grotesco.

Medito, absorto, en la señal que estas visiones encubren. Ha caído la noche y el planchón avanza lentamente. El práctico y el Capitán discuten con una desmayada irritación que se siente familiar e inofensiva. El Capitán está en el punto crítico de su ebriedad y vuelve a sus órdenes insensatas: "¡Huele el viento, viejo terco, huélelo bien o nos perdemos, carajo!", "Ya, Capi, ya, no me atosigue que si no avanzamos es porque no se puede", le contesta el práctico con la paciencia de quien habla con un niño. "Navegas como culebra descabezada, Ignacio, por algo no te ocupaban ya en la base. ¡Firme el timón, maldita sea, que no es cuchara de sopa!" Y así durante buena parte de la noche. Es evidente que, en el fondo, se divierten con esto. Es la manera que tie-

nen de comunicarse. Su relación es tan antigua que
ya todo está dicho desde hace mucho tiempo. La siesta se prolongó demasiado y sólo conseguiré dormir en
la madrugada. Leo y escribo por turnos. Juan sin
Miedo no tiene excusa válida. Al ordenar la muerte
del hermano del rey de Francia, condenó su propia
raza a la inevitable extinción. Qué lástima. Un Reino
de Borgoña tal vez hubiera sido la respuesta adecuada
a tantas cosas que luego llovieron sobre Europa en
una secuencia de maldición inapelable.

Abril 18

Como siempre sucede, hasta hoy han comenzado a
develarse las posibles claves de esas visitaciones que
tuve durante la siesta de ayer. Son mis viejos demo-
nios, los fantasmas ya rancios que, con diversos ro-
pajes, con distinto lenguaje, con nueva malicia
escénica, suelen presentarse para recordarme las
constantes que tejen mi destino: el vivir en un
tiempo por completo extraño a mis intereses y a mis
gustos, la familiaridad con el irse muriendo como
oficio esencial de cada día, la condición que tiene
para mí el universo de lo erótico siempre implícito en
dicho oficio, un continuo desplazarme hacia el pasado, procurando el momento y el lugar adecuados en
donde hubiera cobrado sentido mi vida y una muy
peculiar costumbre de consultar constantemente la
naturaleza, sus presencias, sus transformaciones, sus
trampas, sus ocultas voces a las que, sin embargo,
confío plenamente la decisión de mis perplejidades,
el veredicto sobre mis actos, tan gratuitos, en apa-

riencia, pero siempre tan obedientes a esos llamados.
El mero hecho de meditar sobre todo esto me ha proporcionado la apacible aceptación del presente que se me ocurría tan confuso y tan poco afín a mis asuntos. Por un comprensible error de perspectiva, sucedía que lo estaba examinando sin tener en cuenta ciertos elementos familiares que los sueños de ayer hicieron evidentes. Allí estaban y no había sabido desentrañarlos. Estoy tan acostumbrado a esa clave augural de mis sueños, que aún sin descifrar todavía su mensaje ya empiezo a sentir su acción bienhechora y sedante. Queda sólo por entender la actitud de Flor Estévez, cuya iniciativa e invitación a pasar a su cama son tan ajenas a como suele manejar tales situaciones. En efecto, pese al aparente salvajismo de su figura, la rotundez de sus piernas, su cabellera en hirsuto desorden, su piel morena un tanto húmeda que se resiste levemente al tacto como si estuviera formada por un terciopelo invisible, sus amplios pechos de sibila que semi ofrece a la vista todo el día, a pesar de tales signos, Flor desconoce por completo el juego de la coquetería, la malicia de los acercamientos amorosos. Irrumpe seria, terminante, casi triste, con la silenciosa desesperación de quien obra bajo el poder de una fuerza desatada y así ama y goza en un silencio de vestal. Tal vez la provocativa conducta de Flor en el sueño se deba a mi abstinencia en este viaje; fuera del episodio con la india, más inquietante que gratificador. Puede también obedecer, y esto es lo más probable, a la clásica yuxtaposición en los sueños de rasgos y gestos de diferentes personas. Por eso jamás podremos confirmar con certeza la identidad de los seres con los que soñamos.

Jamás es uno solo el que se nos presenta, siempre es una suma, un instantáneo y condensado desfile, y no una presencia única y determinada.

Flor Estévez. Nadie me ha sido tan cercano, nadie me ha sido tan necesario, nadie ha cuidado tanto de mí con ese secreto tacto suyo en medio de la selvática y ceñuda distancia de su ser dado al silencio, a los monosílabos, a escuetos gruñidos que ni niegan ni afirman. Cuando le consulté el asunto de la madera se limitó a comentar: "No sabía que con la madera se hiciera dinero. Se hacen casas, cercas, cajones, repisas, lo que quiera, pero, ¿dinero? Eso es un cuento. No se lo crea". Fue al escondite en donde guarda sus ahorros y me entregó todo lo que tenía, sin añadir una palabra, sin mirarme siquiera. Flor Estévez, leal y bronca en sus iras, procaz y repentina en sus caricias. Abstraída, viendo pasar la niebla por entre los altos cámbulos, cantando canciones de las tierras bajas, canciones frutales, gozosas, inocentes y teñidas de una aguda nostalgia que se quedaba para siempre en la memoria con la melodía y las palabras de un candor transparente. Y yo aquí remontando este río con un borracho mitad comanche y mitad gringo, un indio mudo enamorado de su motor diesel y un nonagenario que parece nacido de la tumefacta corteza de alguno de estos árboles gigantescos sin nombre ni oficio. No tiene remedio mi errancia atolondrada, siempre a contrapelo, siempre dañina, siempre ajena a mi verdadera vocación.

Abril 20

Hemos entrado de nuevo a una sabana con pequeñas agrupaciones boscosas y extensos pantanos creados por el desbordamiento del río. Bandadas de garzas cruzan el cielo en formaciones regulares que recuerdan escuadrillas en vuelo de reconocimiento. Giran alrededor de la lancha y van a posarse en la orilla con impecable elegancia. Se desplazan con zancadas lentas y prudentes en busca de alimento. Cuando consiguen atrapar un pescado, éste se debate un instante en el largo pico de la garza que sacude la cabeza y la víctima desaparece como en un acto de magia. El sol cae a plomo sobre la tediosa extensión en donde el agua rebrilla entre juncos y lianas. De vez en cuando, como para recordarnos que ha de volver en breve, surge una pequeña muestra de la selva, un tupido grupo de árboles de donde parte la algarabía de monos, pericos y otras aves y el regular y soñoliento canto de los grillos gigantes. La soledad del lugar nos deja como desamparados, sin que sepamos muy bien a qué se debe esta sensación que no tenemos en medio de la jungla, pese a su vaho letal, siempre presente para recordarnos su devastadora cercanía. Tendido en la hamaca veo desfilar, con abúlica indiferencia, este paisaje en donde el único cambio perceptible es la paulatina mutación de la luz a medida que avanza la tarde. La corriente del río apenas se opone al avance del planchón. El motor adquiere un ritmo acelerado y cascabeleante, bastante sospechoso dadas sus precarias condiciones de vetustez y demente inestabilidad. Todo esto apenas lo registro en la superficie casi impersonal de mi atención. Como siempre me sucede después de la visita de los sueños reveladores, he caído en un estado de marginal indiferencia, al borde de un sordo pánico. Lo percibo como un inevitable atentado contra mi ser, contra las fuerzas que lo sostienen, contra la precaria y vana esperanza, pero esperanza al fin, de que algún día las cosas serán mejores y todo comenzará a resultar bien. Me he familiarizado tanto con estos breves períodos de peligrosa neutralidad, que sé que lo mejor es no someterlos a examen. Con ello sólo conseguiría prolongarlos a semejanza de la sobredosis de un medicamento tomado por inadvertencia, cuyo efecto sólo pasará cuando el cuerpo asimile el agente extraño que lo intoxica.

El Capitán se acerca para informarme que al anochecer nos detendremos en una ranchería para cargar combustible y renovar provisiones. Le pregunto, recordando la recomendación del Mayor, sobre el estado de su cantimplora. Entiende que me han alertado al respecto y responde con ligera molestia: "No se preocupe, amigo, ahí compraré lo suficiente para lo que nos queda de camino". Se aleja aspirando el humo de su pipa con el gesto irritado de quien intenta proteger una zona de su intimidad hollada por los extraños.

Mayo 25

Cuando bajamos en la ranchería estaba muy lejos de sospechar que permanecería allí durante varias semanas, entre la vida y la muerte. Que todo el viaje cambiaría por entero de aspecto, hasta convertirse en una agotadora lucha contra el desaliento total y los ataques de algo muy parecido a la demencia.

La ranchería está formada por seis casas alrededor de un potrero que quiere ser plaza. Dos gigantescos árboles, de una frondosidad desmedida, dan sombra a los escuálidos habitantes que allí se reúnen en las tardes, para sentarse en primitivos bancos hechos con troncos apenas desbastados, fumar su tabaco y comentar los vagos y siempre inquietantes rumores que llegan de la capital. El único edificio con techo de zinc y paredes de ladrillo es una escuela que sirve también de iglesia cuando llegan las misiones. Consta del salón de clases, un pequeño cuarto para la maestra y los servicios sanitarios que hace mucho tiempo dejaron de usarse y están llenos de verdín y desperdicios indeterminados. La maestra fue raptada por los indios hace más de un año, y no se volvió a saber de ella hasta que alguien llegó con la noticia de que vivía con un jefe de tribu y había manifestado su propósito de no regresar jamás. La base militar mantiene una dotación exigua de soldados que duermen en hamacas suspendidas en el que fuera salón de clases. Pasan todo el tiempo limpiando sus armas y repitiendo, en monótona letanía, las pequeñas miserias de que se nutre la vida del cuartel.

El Capitán hizo provisión para su cantimplora y comenzamos a acarrear los bidones de diesel para llenar el depósito de la lancha. El trabajo resultaba agotador por el clima húmedo, la temperatura insoportable y la falta de brazos. Nadie quiso ayudarnos en la tarea. El Capitán estaba en una de sus peores rachas, el anciano práctico apenas puede moverse, y tuvimos que hacerlo entre el maquinista y yo, ante la mirada indiferente de los habitantes minados por el paludismo y con los ojos vidriosos y ausentes de quien hace mucho tiempo perdió la más leve esperanza de escapar de allí. En la tarde del primer día sentí náuseas y un intenso dolor de cabeza que atribuí al hecho de haber inhalado tanto tiempo los vapores del combustible que teníamos que transvasar con desesperante lentitud. Al día siguiente continuamos la tarea. El sueño y el descanso, al parecer, habían aliviado algo mis molestias. Al mediodía comencé a sentir un dolor insoportable en todas las coyunturas y unas punzadas en la base del cráneo que me dejaban inmovilizado por breves instantes. Fui a ver al Capitán para preguntarle qué podría ser lo que tenía, se me quedó mirando, y por la expresión de su rostro vi que se trataba de algo serio. Me tomó del brazo y me llevó a una de las hamacas de la escuela. Allí me tendió y me obligó a beber un gran vaso de agua con unas gotas de un líquido amargo de consistencia viscosa y color ambarino. Explicó a los soldados algo en voz baja. Evidentemente tenía que ver con mi estado. Me miraban como a alguien que va a pasar una prueba aterradora con la cual estaban familiarizados. Al poco tiempo regresó el Capitán con mi hamaca del lanchón. La colocó en el extremo opuesto a donde se agrupaban las de los soldados y me llevó allí, casi cargado, sosteniéndome por debajo de las axilas. Me di cuenta que había perdido el tacto en los pies y no sabía si los arrastraba o si trataba de caminar. Empezó a caer la noche. Con el ligero descenso del calor y la llegada de la brisa casi imperceptible que venía del río, comencé a temblar violentamente en un escalofrío que no parecía tener fin. Un soldado me

hizo beber algo caliente cuyo sabor no pude distinguir y caí luego en un sopor profundo cercano a la in-
consciencia.

Perdí por completo la idea del curso del tiempo.
El día y la noche se me mezclaban a veces vertigi-
nosamente. En ocasiones, uno u otra se quedaban
detenidos en una eternidad que no intentaba comprender. Los rostros que se acercaban a mirarme me
resultaban por completo ajenos, bañados en una luz
opalina que les daba el aspecto de criaturas de un
mundo ignoto. Tuve pesadillas atroces, relacionadas
siempre con las esquinas del techo y el ensamble de
las láminas de zinc. Intentaba encajar una esquina en
otra, modificando la estructura de los soportes o em-
parejar los remaches que unían las láminas en forma
que no tuvieran la menor variación o irregularidad.
En esas tareas ponía toda la fuerza de una voluntad
hecha de fiebre y de maniática obsesión, repetidas en
serie interminable. Era como si la mente se hubiera
detenido de improviso en un proceso elemental de
familiarización con el espacio circundante. Proceso
que, en la vida diaria, ni siquiera registra la conciencia, pero que ahora se convertía en el único fin, en la
razón última, necesaria, inapelable, de mi existencia.
Es decir, que yo no era sino eso y sólo para eso seguía
vivo. A medida que tales obsesiones se prolongaban
y hacían más regulares y, a la vez, más elementales,
iba cayendo en un irreversible estado de locura, en
una inerte demencia mineral en donde el ser o, más
bien, lo que había sido, se disolvía con una rapidez
incontrolable. Cuando ahora trato de relatar lo que
entonces padecía, me doy cuenta de que las palabras
no alcanzan a cubrir totalmente el sentido que quie-

ro darles. ¿Cómo explicar, por ejemplo, el pánico helado con el que observaba esta monstruosa simplificación de mis facultades y la inconmensurable extensión del tiempo vivido en tal suplicio? Es imposible describirlo. Simplemente porque, en cierta forma, es extraño y por entero opuesto a lo que solemos creer que es nuestra conciencia o la de nuestros semejantes. Nos convertimos, no en otro ser, sino en otra cosa, en un compacto mineral hecho de aristas interiores que se multiplican en forma infinita y cuyo registro y recuento constituyen la razón misma de nuestro durar en el tiempo.

Las primeras palabras inteligibles que escuché fueron: "Ya pasó lo peor. Se salvó de milagro". Alguien con camisa caqui sin insignias de ninguna clase, rostro regular y moreno con un bigote oscuro y recto, las pronunció desde una lejanía inexplicable, dado que estaba a pocos centímetros de mi cara observándome fijamente. Después supe que el Mayor había venido en el Junker. Del botiquín, que siempre llevaba consigo, sacó un medicamento que me inyectaron cada doce horas y, al parecer, fue el que me salvó la vida. También me contaron que en mis delirios mencioné varias veces el nombre de Flor Estévez y que otras insistía en la necesidad de subir un río para tomar el fuerte de San Juan, que tenía sitiado el capitán Horacio Nelson, a pocos kilómetros del lago de Nicaragua. Parece también que hablé en otros idiomas que nadie pudo identificar, aunque el Capitán me comentó después que cuando me había escuchado gritar: "¡Godverdomme!" se convenció de que estaba a salvo.

Aún estoy débil, y los miembros me responden con

una torpeza irritante. Como sin apetito, y nada logra aplacarme la sed. No es una sed de agua, sino de alguna bebida que tuviera un intenso amargor vegetal y una aura blanca como la de la menta. No existe, lo sé, pero existe esa apetencia específica y claramente identificable y me propongo algún día encontrar esa infusión con la que sueño día y noche. Escribo con enorme dificultad, pero, al mismo tiempo, al registrar estos recuerdos de mi mal, me voy liberando de esa visitación de la demencia que trajo consigo y que fue lo que mayor daño me hizo. El alivio es progresivo y rápido y llego a pensar en ratos que todo eso le sucedió a alguien que no soy yo, alguien que no fue sino eso y desapareció con eso. No, no es fácil explicarlo, lo sé, y temo que si lo intento con demasiada porfía corro el riesgo de caer en uno de aquellos ejercicios obsesivos por los que siento ahora un terror sin límites.

Esta tarde se me acercó el maquinista y comenzó a hablarme en una atropellada mezcla de portugués, español y algún dialecto de la selva que no logré identificar. Por primera vez, y por su propia iniciativa, entablaba diálogo con alguien de la lancha que no fuera el Capitán, con el que se entiende en escuetos monosílabos. Su rostro de rasgos tan indios que todo gesto hay que someterlo a un examen cuidadoso para no cometer un grave error, mostraba un desasosiego más allá de la mera curiosidad. Comenzó preguntándome si sabía cuál era la enfermedad que había padecido. Le respondí que lo ignoraba. Entonces me explicó, con asombro, por ese desconocimiento que consideraba imperdonable y peligroso en sumo grado: "Usted tuvo la fiebre del pozo. Ataca a los blancos que se acuestan con nuestras hembras. Es mortal". Le contesté que tenía la impresión de haberme salvado, y él, con escepticismo un tanto críptico, me contestó: "No esté tan seguro. A veces vuelve". Algo había en sus palabras que me hizo pensar en que los celos tribales, la oscura batalla contra el extranjero, lo movían a dejarme en una penosa duda a la medida de mi transgresión a las leyes no escritas de la selva. Un poco para picar su malicia, le pregunté cómo hacían los blancos que mantenían relaciones habituales con las indias para no contraer la terrible fiebre. "Siempre acaban afuera, señor. No es ningún secreto", me reprochó con altanería recién estrenada, como si hablara con alguien con quien no valía la pena entrar en muchos detalles. "Hay que bañarse después con agua con miel y ponerse una hoja de borrachero entre las piernas, aunque arda mucho y deje ampolla", terminó de ilustrarme mientras volvía la espalda y tornaba a su motor con el aire de quien se ha distraído de un trabajo muy importante por algo que acabó siendo una necedad sin interés. A media noche estaba leyendo cuando el Capitán vino a preguntarme cómo seguía. Le comenté lo que me había dicho el maquinista y, sonriendo, me tranquilizó: "Si va a ponerle atención a todo lo que ellos dicen, acabará loco mi amigo. Es mejor olvidarlo. Ya se salvó. Qué más quiere". Una vaharada de aguardiente barato se quedó detenida al pie de la hamaca, mientras él se dirigía a la proa dando sus acostumbradas órdenes delirantes: "¡A media marcha y sin sueño! ¡No me quemen los magnetos con su maldita

grasa de danta, pendejos!" Su voz se perdía en la noche sin límites hasta llegar a las estrellas cuya cercanía resultaba de un delicioso poder lenitivo.

Mayo 27

El Capitán ha dejado de beber. Lo noté apenas esta
mañana cuando nos acompañó a tomar la taza de café
y las tajadas de plátano frito, que son nuestro diario
desayuno. Al terminar su café suele tomar siempre un
largo trago de aguardiente. Hoy no lo hizo ni tampoco trajo consigo la cantimplora. Noté una mirada
de extrañeza en el rostro del mecánico, de costumbre
impávido y distante. Como sé que la provisión que
adquirió en la ranchería es bastante generosa, no
creo que la razón de este cambio sea la falta de licor.
He estado observándolo durante todo el día, y no advierto en él ninguna mudanza distinta de que ha sus-
pendido también las sorprendentes órdenes que se
me habían vuelto una suerte de invocación necesaria, relacionada con la buena marcha del planchón y
del viaje en general. Durante el día no ha acudido
una sola vez a la cantimplora. En la noche vino a
acostarse en una de las hamacas disponibles y, tras
algunos preámbulos sobre el tiempo y la posible cercanía de nuevos rápidos, éstos sí torrentosos, se lanzó
a un largo monólogo sobre determinados episodios de
su vida: "Usted no imagina —empezó diciéndome—
lo que fue para mí haber dejado a la china en ese cabaret de Hamburgo. No he sido nunca hombre de
mujeres. Tal vez la imagen que me quedó de mi madre es tan diferente de como son las hembras blancas,

que mi trato con ellas lo ha condicionado siempre esa primera relación con alguien del otro sexo. Mi madre era violenta, callada y apegada con ciega convicción a las ancestrales creencias de su tribu y a sus ritos cotidianos. Los blancos siempre fueron para ella una encarnación necesaria e inevitable del mal. Creo que quiso mucho a mi padre, pero jamás debió demostrárselo. Mis padres llegaban a la misión de vez en cuando. Permanecían allí por algunas semanas y partían de nuevo. Durante tales visitas, mi madre solía tratarme con una crueldad gratuita, un tanto animal. Era de la tribu Kwakiutl. Jamás aprendí una palabra de su lengua. Debí quedar marcado para siempre, porque, hasta que encontré a la china, las mujeres siempre acabaron por abandonarme. Algo hay en mí que sienten como un rechazo. Con la dueña del burdel en la Guayana hubiera podido vivir el resto de la vida. Fue una relación nacida más del interés que de los sentimientos. Su humor era tan parejo y bonachón que jamás daba motivo para reñir con ella. En la cama se comportaba con una sensualidad lenta y distraída. Al terminar reía siempre con risa infantil, casi inocente. Cuando conocí a la china todo cambió. Ella penetró en un recinto de mi intimidad que se había conservado hermético y yo mismo desconocía. En sus gestos, en el olor de su piel, en la forma de mirarme, instantánea, intensa, en un breve intervalo que me dejaba bañado en una ternura arrasadora, en su dependencia hecha de aceptación irreflexiva y absoluta, tenía la virtud de rescatarme al instante de mis perplejidades y obsesiones, de mis desalientos y caídas o de mis simples ocupaciones cotidianas, para dejarme en una suerte de círculo radiante, hecho de palpitante energía, de vigorosa certeza, como la acción de una droga ignorada que tuviera el poder de conceder la felicidad sin sombras. No puedo pensar en todo esto sin preguntarme siempre cómo fue posible que la abandonase por razones articuladas con tanta torpeza, nacidas de hechos, en sí intrascendentes, antes enfrentados con la mayor habilidad y sorteados con un mínimo esfuerzo, siempre sin caer en la trampa. A veces pienso, con desolado furor, si no será que la encontré cuando ya era tarde, cuando ya no estaba preparado para manejar esa fuente de saludable dicha, cuando ya había muerto en mí la respuesta adecuada para prolongar semejante estado de bienestar. Ya me entiende hacia dónde voy. Hay cosas que nos llegan demasiado pronto y otras demasiado tarde, pero esto sólo lo sabemos cuando no hay remedio, cuando ya hemos apostado contra nosotros mismos. Creo que lo conozco bastante y puedo suponer que a usted le ha sucedido lo mismo y sabe de qué estoy hablando. A partir del momento en que dejé Hamburgo ya todo me da igual. En el fondo algo murió en mí para siempre. El alcohol y una desmayada familiaridad con el peligro han sido lo único que me da fuerzas para comenzar cada mañana. Lo que no sabía es que esos recursos también se van gastando. El alcohol sólo sirve para mantener una efímera razón de vivir; el peligro se desvanece siempre que nos acercamos a él. Existe, mientras lo tenemos dentro de nosotros. Cuando nos abandona, cuando tocamos fondo y sabemos en verdad que no hay nada que perder y que nunca lo ha habido, el peligro se convierte en un problema de los demás. Ellos verán cómo manejarlo y qué hacer con él. ¿Sabe por qué

regresó el Mayor? Por eso. No he hablado con él sobre el particular, pero nos conocemos lo suficiente.
Mientras usted deliraba en el salón de la escuela,
volvimos a entendernos. Cuando le pregunté por qué
había regresado, se limitó a responderme: 'Es igual
allá que aquí, Capi, sólo que aquí es más rápido. Usted sabe'. Está en lo cierto. La selva sólo sirve para
acelerar la salida. En sí no tiene nada de inesperado,
nada de exótico, nada de sorprendente. Esas son ne-
cedades de quienes viven como si fuera para siempre.
Aquí no hay nada, no habrá nunca nada. Un día
desaparecerá sin dejar huella. Se llenará de caminos,
factorías, gentes dedicadas a servir de asnos a esa
aparatosa nadería que llaman progreso. En fin, no
importa, nunca he jugado con esos dados. Ni siquiera
sé por qué se lo menciono. Lo que le quería decir es
que no se preocupe. Yo no dejé el aguardiente, él me
dejó a mí. Seguiremos subiendo el río. Como antes.
Hasta que se pueda. Después, ya veremos". Puso su
mano en mi hombro y se quedó mirando la corriente.
La retiró al instante. No dormía pero permaneció
quieto, tranquilo, con la serenidad de los vencidos.
Alterno la escritura con la lectura en espera de que
llegue el sueño. Viene siempre con la ligera brisa de
la madrugada. Tengo la certeza de que las palabras
del Capitán ocultan un mensaje, una secreta señal,
que, a tiempo que me proporciona un curioso sosiego, me dice que hace mucho que los dados están ro-
dando. Lo mejor es dejar que todo suceda como debe
ser. Así está bien. No se trata de resignación. Lejos
de eso. Es otra cosa. Tiene que ver con la distancia
que nos separa de todo y de todos. Un día sabremos.

Mayo 30

Todo curiosamente se va ajustando, serenando. Las incógnitas sombrías que se alzaron al comienzo del viaje se han ido despejando hasta llegar al escueto panorama presente. Los indios bajaron del lanchón y fueron olvidados. Ivar y su compinche cavaron su propia sepultura en el suelo anegado de la selva. El Mayor se ha hecho cargo de nosotros en forma no explícita, ni siquiera sugerida, pero evidente cada día. El Capitán dejó el aguardiente y ha entrado en un período de apacible ensoñación, de mansa nostalgia, de inofensivo extrañamiento. Ignacio se me figura cada día más anciano, más confundido con los manes protectores de la selva. El mecánico ha llegado a conseguir del motor proezas de cabalista. La convalecencia me proporciona, con esa sensación de haberme salvado en un hilo, la seguridad apacible, la invulnerable salud de los elegidos. No se me oculta cuán precarias pueden ser esas garantías, pero mientras estoy de lleno entregado a sus poderes, las cosas desfilan ante mí ocupando el espacio que les corresponde y sin echárseme encima para atentar contra mi identidad. Es por esto que, hasta la relación con la india, y en caso de que fuera cierta, su secuela letal de la que conseguí librarme, las veo hoy como pruebas por las que me hacía falta pasar para vencer los poderes de este devorante e insaciable universo vegetal, que se me revela hoy como uno más de los ámbitos que tiene que recorrer el hombre para cumplir su tránsito por la tierra y estar a salvo del suplicio de morir con la certidumbre de haber habitado un

limbo, a espaldas del soberbio espectáculo de los
vivos.

Con la luz de la tarde y hasta cuando tuve que encender la Coleman avancé en el libro de Raymond
sobre el asesinato del Duque de Orléans. Habría mucho que decir sobre este asunto. No es la ocasión ni
el ánimo se inclina a esta clase de especulaciones. De
todos modos, es curioso anotar la falta de objetividad
del informe que rinde el preboste de París a raíz de
cometerse el crimen y la concomitante falta de malicia del autor que lo recoge y comenta. Los móviles de
un crimen político son siempre de una complejidad
tan grande y se mezclan en ellos motivos escondidos
y enmascarados tan complejos, que no basta la relación minuciosa de los hechos ni la transcripción de
lo que sobre el asunto opinaron las personas
involucradas para sacar conclusiones que pretendan
ser terminantes. El alma retorcida del Duque de
Borgoña oculta abismos y laberintos harto más tor-
tuosos que lo que el buen preboste alcanza a percibir
y Raymond intenta dilucidar. Pero lo que más me
llama la atención en este caso, así como en todos los
que han costado la vida a hombres que ocupan un
lugar excepcional en las crónicas, es la completa inutilidad del crimen, la notoria ausencia de consecuencias en el curso de ese magma informe y ciego
que avanza sin propósito ni cauce determinados y que
se llama la historia. Sólo la incurable vanidad de los
hombres y el lugar que con tan descomunal
narcisismo se arrogan en la indómita corriente que
los arrastra, puede hacerlos pensar que un magnicidio
haya logrado jamás cambiar un destino desde siempre

trazado en el universo inmensurable. Pero creo que, a mi vez, he acabado saliéndome del auténtico alcance de la muerte del de Orléans. Basta conformarse con rastrear las razones de envidia y sórdido despecho que movieron al asesino. Por eso, tal vez, mientras más avanzo en la lectura del libro, menos me interesa el asunto y más lo asimilo al cotidiano espectáculo que ofrecen los hombres dondequiera que vayamos a buscarlos. En cualquiera de las miserables rancherías que hemos ido dejando atrás, conviven un Juan sin Miedo y un Luis de Orléans y a éste le espera otro oscuro rincón semejante al de la Rue Vieille-du-Temple, en donde tiene cita con la muerte. Hay una monotonía del crimen que no es aconsejable frecuentar ni en los libros ni en la vida. Ni siquiera en el mal consiguen los hombres sorprender o intrigar a sus semejantes. De allí la acción bienhechora de los bosques, del desierto o de las extensiones marinas. Ya lo sabía desde siempre. Nada nuevo. Cierro el libro, y un enjambre de luciérnagas danza a la altura del agua, acompaña por un rato nuestra embarcación y, por fin, se pierde a lo lejos entre los pantanos en donde la luna rebrilla a trechos antes de ocultarse entre las nubes. Un chubasco que se acerca, enviando como avanzada una brisa fresca, me lleva hacia el sueño mansamente.

Junio 2

Esta mañana nos encontramos con un planchón muy semejante al nuestro. Estaba varado en mitad de la corriente a causa de unos bancos de arena en donde se acumulaban troncos y ramas arrastradas por el río. Venía bajando y encalló en la noche. El práctico se había quedado dormido. Lo acompaña un mecánico que mira con resignación e indiferencia los esfuerzos de su compañero por desvarar el planchón con la ayuda de una pértiga. Mientras el Capitán intenta ayudarlos empujando con nuestra lancha un costado de la embarcación, yo converso con el mecánico que seguía mirando escéptico nuestros esfuerzos por desvararlos. Le pregunto por los aserraderos. Me informa que, en efecto, existen; que estamos a una semana de viaje si no tenemos problemas con los rápidos que hay más arriba. Se muestra intrigado por mi interés en esas instalaciones. Le digo que pienso comprar allí madera para venderla en los puertos del río grande. Me mira con una mezcla de extrañeza y fastidio. Empezaba a explicarme algo sobre los árboles cuando el ruido de nuestro motor, que aceleró en ese momento para liberar al fin el lanchón varado, me impidió entender lo que decía. A gritos le pedí que me volviera a explicar, pero alzó los hombros con indolencia y bajó a encender su motor mientras la corriente los empujaba rápidamente. Se perdieron a lo lejos en una curva del trayecto.

Seguimos nuestro camino. Intenté averiguar algo con el Capitán sobre lo que me había comenzado a decir el mecánico. "No haga caso —comentó—. Se habla mucha tontería sobre eso. Usted vaya, vea, y entérese por sí mismo. Yo sé poco del asunto. Los aserraderos están allí; los he visto varias veces y he traído a gente que trabajaba en ellos. Lo que sucede es que sólo hablan en su idioma y no me ha interesado averiguar qué es lo que se hace allá, ni cuál es el negocio. Son finlandeses, creo, pero si les habla en alemán algo entienden. Pero, le repito, no haga caso de rumores ni de chismes. La gente aquí es muy dada a inventar historias. De eso viven, de contarlas en las rancherías y en los puestos del ejército. Allí las adornan, las aumentan, las transforman, y con eso engañan el tedio. No se preocupe. Ya llegó hasta aquí. Verifique por su cuenta, y a ver qué pasa". Me he quedado pensando en lo que dice el Capitán y caigo en la cuenta de que he perdido casi por completo el interés en este asunto de la madera. Me daría igual que nos devolviésemos ahora mismo. No lo hago por pura inercia. Es como si en verdad se tratara sólo de hacer este viaje, recorrer estos parajes, compartir con quienes he conocido aquí la experiencia de la selva y regresar con una provisión de imágenes, voces, vidas, olores y delirios que irán a sumarse a las sombras que me acompañan, sin otro propósito que despejar la insípida madeja del tiempo.

Junio 4

La corriente del río comienza a cambiar bruscamente de aspecto. Se adivina un lecho abrupto y rocoso. Los bancos de arena han desaparecido. El caudal se estrecha y empiezan a surgir ligeras colinas, estribaciones que se levantan en la orilla, dejando al descubierto una tierra rojiza que semeja, en ciertos trechos, la sangre seca y, en otros, alcanza un rubor rosáceo. Los árboles dejan al descubierto sus raíces en los barrancos, como huesos recién pulidos, y en sus copas hay una floración en donde el lila claro y el naranja intenso se alternan con un ritmo que pudiera parecer intencional. El calor aumenta, pero ya no tiene esa humedad agobiante, esa densidad que nos despoja de toda voluntad de movimiento. Ahora nos envuelve un calor seco, ardiente, fijo en su intacta transmisión de la luz que cae sobre cada cosa dándole una presencia absoluta, inevitable. Todo calla y parece esperar una revelación arrasadora. El tableteo del motor es una mancha en la absorta quietud del paisaje. El Capitán se acerca para advertirme: "Dentro de poco entraremos en los rápidos. Los llaman el Paso del Angel. No sé de dónde viene ese nombre. Tal vez se deba a esta calma que, al bajar el río, espera a los viajeros como un alivio y una certeza de que ha pasado el peligro. Al remontar la corriente crea, en cambio, un engaño que puede ser fatal para los novatos. Aquí siempre digo en voz alta la oración para los caminantes en peligro de muerte. La escribí yo mismo. Es ésta. Léala. Si no cree en ella, por lo menos le servirá para distraer el miedo". Me entrega una hoja protegida por un forro de plástico, escrita por ambos lados. Las manchas de grasa, de barro, de mugre acumulada por el tiempo y el roce de innumerables manos, apenas permite leer el texto escrito en una caligrafía femenina de rasgos altaneros, agudos y de una claridad desafiante. En espera de la llegada a los rápidos transcribo la oración del Capitán, que dice así:

"*Alta vocación de mis patronos y antecesores, de mis guías y protectores de cada hora,*
hazte presente en este momento de peligro, extiende tus aceros, mantén con firmeza la ley de tus propósitos,

revoca el desorden de las aves y criaturas augurales y
limpia el vestíbulo de los inocentes
en donde el vómito de los rechazados se cuaja como una
señal de infortunio, en donde las ropas de los suplicantes
son mácula que desvía nuestra brújula, hace inciertos
nuestros cálculos y engañosos nuestros pronósticos.
Invoco tu presencia en esta hora y deploro de todo corazón la cadena de mis prevaricaciones:
mi pacto con los leopardos cebados en las pesebreras,
mi debilidad y tolerancia con las serpientes que cambian
de piel al solo grito de los cazadores extraviados,
mi solidaria comunión con cuerpos que han pasado de
mano en mano como vara que ayuda a salvar los vados y
en cuya piel se cristaliza la saliva de los humildes,
mi habilidad para urdir la mentira de poderes y destre-
zas que apartan a mis hermanos de la recta aplicación de
sus intenciones,
mi inadvertencia en proclamar tus poderes en las ofici-
nas de la aduana y en las salas de guardia,
en los pabellones del dolor y en las barcas en donde
florece la fiesta, en las torres que vigilan la frontera y en
los pasillos de los poderosos.
Borra de un solo trazo tanta desdicha y tanta infamia,
presérvame
con la certeza de mi obediencia a tus amargas leyes, a
tu injuriosa altanería, a tus distantes ocupaciones, a tus
argumentos desolados.
Me entrego por entero al dominio de tu inobjetable mi-
sericordia y con toda humildad me prosterno
para recordarte que soy un caminante en peligro de
muerte, que mi sombra nada vale,
que el que perece lejos de los suyos es como basura tri-
turada en los rincones del mercado,

que soy tu siervo y nada puedo y que en estas palabras
se encierra el metal sin liga ni impurezas de aquel que ha
pagado el tributo que se te
debe ahora y siempre por la pálida eternidad. Amén".

Mis dudas sobre la eficacia de tan bárbara letanía
eran más que fundadas, pero no me atreví a transmi-
tirlas al Capitán que me había entregado el texto con
tan evidente unción y tanta seguridad en sus virtudes
preventivas y protectoras. Fui hasta la proa en donde
observaba los remolinos que empezaban a sacudir la
embarcación y le entregué el papel que guardó en un
bolsillo trasero de su pantalón en donde también
conserva todos los instrumentos para la limpieza de
su pipa.

Junio 7

Pasamos los rápidos sin mayor percance, pero fue una
prueba en muchos aspectos reveladora de la imagen
que hasta ayer tenía del peligro y de la presencia real
de la muerte. Cuando digo real me refiero a que no se
trata de ese fantasma que solemos invocar con la
imaginación y darle cuerpo con elementos tomados
del recuerdo de quienes hemos visto morir en las más
variadas circunstancias. No. Se trata de percibir con
la plenitud de nuestra conciencia y de nuestros sentidos, la proximidad inmediata e irrebatible del propio
perecer, de la suspensión irrevocable de la existencia.
Allí, al alcance de la mano, irrecusable. Buena prueba, larga lección. Tardía, como todas las lecciones
que nos atañen directa y profundamente.

El día en que el Capitán me dio su famosa oración, el mecánico decidió que debíamos detenernos para revisar el motor. Al remontar la corriente de los rápidos, una falla significa la muerte segura. Atracamos, y el hombre se aplicó en desarmar, limpiar y probar cada una de las partes de la máquina. Fascinante la paciente sabiduría con que este indio, salido de las más recónditas regiones de la jungla, consigue identificarse con un mecanismo inventado y perfeccionado en países cuya avanzada civilización descansa casi exclusivamente en la técnica. Las manos de nuestro mecánico se mueven con tal destreza, que parecen dirigidas por algún espíritu tutelar de la mecánica, extraño por completo a este aborigen de informe rostro mongólico y piel lampiña de serpiente. Hasta que hubo probado escrupulosamente cada etapa del funcionamiento del motor, no quedó tranquilo. Con una parca señal de la cabeza hizo saber al Capitán que estaba listo para remontar el Paso del Angel. La noche se nos vino encima y resolvimos quedarnos hasta la madrugada siguiente. No era cosa de comenzar el ascenso en la oscuridad. Al otro día, partimos con las primeras luces del alba. Contra lo que yo suponía, los rápidos no están formados por rocas que sobresalen de la corriente, obstaculizando su curso y haciéndolo más violento. Todo sucede en las profundidades, en el fondo, cuyo suelo se puebla de cavidades, ondulaciones, cuevas, remolinos y fallas, a tiempo que se acentúa la pendiente por la que desciende el agua en un fragoroso torbellino de fuerza arrolladora que cambia de dirección e intensidad a cada momento.

"No se meta en la hamaca. Manténgase en pie y agárrese bien de los barrotes del toldo. No mire a la corriente y trate de pensar en otra cosa". Tales fueron las instrucciones del Capitán, que se mantuvo todo el tiempo en la proa, agarrado a una precaria pasarela, al lado del práctico que manejaba el timón con bruscas sacudidas destinadas a evitar los golpes de agua y espuma que se alzaban de repente como anunciando la espalda de un animal inconcebible. El motor quedaba al aire a cada momento y la hélice giraba en el vacío, en un vértigo desbocado e incontrolable. A medida que nos internábamos en la cañada que la corriente había cavado durante milenios, la luz se fue haciendo más gris y nos envolvió un velo de espuma y niebla nacido del turbulento girar de las aguas y de su choque contra la pulida superficie rocosa de las paredes que las encauzan. Durante largas horas podía pensarse que estaba anocheciendo. El lanchón cabeceaba y se sacudía como si estuviera hecho con madera de balso. Su estructura metálica resonaba con un acento sordo de trueno distante. Los remaches que unían las láminas vibraban y saltaban, comunicando a toda la armazón esa inestabilidad que precede al desastre. Las horas pasaban y no teníamos la certeza de estar avanzando. Era como si nos hubiéramos instalado para siempre en el estruendo implacable de las aguas, esperando ser arrastrados de un momento a otro por el remolino. Un cansancio indecible empezó a paralizar mis brazos, y sentía las piernas como si estuvieran hechas de una blanda materia insensible. Cuando creí que ya no podría más, alcancé a escuchar al Capitán que gritaba algo en dirección mía. Con la cabeza señaló el cielo y en su semblante apareció una sonrisa deforme y enigmática. Seguí su mirada y vi que la luz se iba aclarando por momentos. Algunos rayos de sol atravesaron la nube de espuma y niebla que se iluminó con los colores del arco iris. Los rugidos del torrente y el retumbar del casco se fueron haciendo menos notorios. La lancha avanzaba meciéndose rítmicamente, pero ya controlada por el esfuerzo regular y firme de la hélice. Cuando se redujeron aún más los cabeceos de la embarcación, el Capitán se sentó en cuclillas sobre el piso y me hizo señas de que me recostara en la hamaca. Su célebre parasol de colores había desaparecido. Cuando traté de moverme sentí que todo el cuerpo me dolía como si hubiera recibido una paliza. Dando tumbos llegué hasta la hamaca y me acosté con una sensación de alivio que se repartía por todo el cuerpo como un bálsamo que agradecían cada coyuntura, cada músculo, cada centímetro de la piel aterida y azotada por las aguas. Una ligera ebriedad y un apacible avanzar del sueño me fueron ganando mientras celebraba la dicha de estar vivo. El río se extendía de nuevo por entre juncales de donde partían bandadas de garzas que iban a posarse en las copas de los árboles cargados de flores. De nuevo el calor seco, inmutable, inmóvil, vino a recordarme que habían existido otras tardes semejantes a ésta que terminaba en medio de una calma bienhechora y sin fronteras.

Caí en un profundo sueño hasta que el práctico se me acercó con una taza de café caliente y unas tajadas de plátano frito en un desportillado plato de peltre: "Hay que comer algo, mi don, si no repara las fuerzas, después se la gana el hambre y sueña con los muertos" Su voz tenía un acento paternal que me dejó bañado en una nostalgia pueril y gratuita. Le di las gracias y bebí el café de un solo trago. Mientras comía las tajadas de plátano sentí que regresaban, una a una, mis viejas lealtades a la vida, al mundo depositario de asombros siempre renovados y a tres o cuatro seres cuya voz me alcanzaba por encima del tiempo y de mi incurable trashumancia.

Junio 8

El paisaje empieza a cambiar. Al comienzo, los indicios se van presentando en forma esporádica y no siempre muy evidente. La temperatura, si bien sigue siendo la misma, es recorrida a ratos por leves ráfagas de una brisa fresca, ajena por completo a este calor de horno detenido como un terco animal que se niega a seguir su camino. Esas rachas de otro clima me recuerdan ciertas vetas que aparecen en el mármol y que son extrañas a la coloración, a la tonalidad y a la textura de la materia principal. Los pantanos, por su lado, van desapareciendo, reemplazados por una vegetación enana y tupida que despide una mezcla de aromas semejante al olor del polen cuando se guarda en un recipiente. Es algo que recuerda a la miel pero conserva, todavía, un acento vegetal muy pronunciado. El lecho del río se angosta y se hace más profundo. Las orillas van ganando una consistencia lodosa que, al tacto, anuncia ya la aparición de la arcilla. El agua tiene una transparencia fresca y un tenue color ferruginoso. Estos cambios influyen en el ánimo de todos. Hay un alivio de tensión, un deseo de conversar y un brillo en las miradas como si advirtiéramos la inminencia de algo largamente esperado.

Con las últimas luces de la tarde, aparece, allá en el horizonte, una línea color azul plomo que llega a confundirse fácilmente con nubes de tormenta que se acumulan en una lejanía imposible de precisar. El Capitán se acerca para señalarme el sitio a donde miro con tanto interés. Mientras hace un movimiento ondulatorio con su mano, como si dibujara el perfil de una cordillera, sin decir palabra asiente con la cabeza y sonríe con un dejo de tristeza que vuelve a inquietarme. "¿Los aserraderos?", pregunto como si evitara la respuesta. Vuelve a mover la cabeza en señal afirmativa, mientras alza las cejas y extiende los labios en un gesto que quiere decir algo como: "No puedo hacer nada, pero cuente con toda mi simpatía".

Me siento al borde de la proa, las piernas colgando sobre el agua que me salpica con una sensación de frescura que, en otra oportunidad hubiera gozado más plenamente. Medito en las factorías y en lo que esconden como una mala sorpresa que presiento y sobre la cual nadie ha querido dar mayores detalles. Pienso en Flor Estévez, en su dinero a punto de arriesgarse en una aventura cargada de presagios; en mi habitual torpeza para salir adelante en estas empresas y, de pronto, caigo en la cuenta que desde hace ya mucho tiempo he perdido todo interés en esto. Pensar en ello me causa un fastidio mezclado con la paralizante culpabilidad de quien se sabe ya al margen del asunto y sólo está buscando la manera de liberarse de un compromiso que emponzoña cada minuto de su vida. Es un estado de ánimo que me es tan familiar. Conozco muy bien las salidas por las que suelo huir de la ansiedad y la molestia de estar en falta, que me impiden disfrutar lo que la vida va ofreciendo cada día como precaria recompensa a mi terquedad en seguir a su lado.

Junio 10

Extraño diálogo con el Capitán. Lo enigmático fluye por debajo de las palabras. Por eso su transcripción resulta insuficiente. El tono de su voz, sus gestos, su manera de perderse en largos silencios, contribuyen mucho para hacer de nuestra conversación uno de esos ejercicios en donde no son las palabras las encargadas de comunicar lo que queremos, más bien sirven, por el contrario, de obstáculo y como factor de distracción. Ocultan el auténtico motivo del diálogo. Desde la hamaca que está frente a la mía me sobresalta su voz. Creí que dormía.

—Bueno, ya se va a acabar esto, Gaviero. Esta aventura no da para mucho más.

—Sí, parece que nos vamos acercando a los aserraderos. Hoy ya se ve la cordillera con toda claridad —le respondo, sabiendo que su observación trata de ir más lejos.

—No pienso que le importen mucho los aserraderos a estas alturas. Creo que lo decisivo que nos reservaba este viaje ya sucedió. ¿No lo cree usted así?

—Sí, en efecto. Algo hay de eso —contesto para darle ocasión a terminar su idea.

—Mire, si lo piensa bien, se dará cuenta que desde el encuentro con los indios hasta el Paso del Angel, todo ha venido encadenado, todo engrana perfectamente. Esas cosas siempre suceden en secuencia y con un propósito definido. Lo importante es saber descifrarlo.

—Por lo que se refiere a mí, no le falta razón, Capi. Pero, y usted. ¿Qué me dice de usted?

—A mí me han sucedido muchas cosas por estos ríos y por el río grande. Las mismas, o muy parecidas a las que esta vez nos han pasado. Pero lo que me intriga es el orden en que en esta ocasión se presentaron.

—No le entiendo, Capi. El orden ha sido uno para mí y otro para usted, naturalmente. Usted no se acostó con la india, ni se enfermó en el puesto militar, ni creyó morir en el Paso del Angel.

—Cuando uno se encuentra con alguien que ha vivido lo que usted ha vivido y que ha pasado por las pruebas que han hecho el que usted es ahora, el ser su testigo y compañero, es algo tanto o más importante que si esas cosas le hubieran sucedido a uno. Los días en el puesto militar, al lado de su hamaca, viendo cómo se le escapaba la vida, fueron una prueba más decisiva para mí que para usted.

—¿Por eso dejó la cantimplora? —le pregunto un tanto brutalmente para tratar de concretarlo.

—Sí, por eso y por lo que eso me hizo reflexionar. Es como si hubiera descubierto, de repente, que estaba jugando el juego que no me tocaba. Es muy malo cuando se vive parte de la vida haciendo el papel que no era para uno, y peor aún es descubrirlo cuando ya no se tienen las fuerzas para remediar el pasado ni rescatar lo perdido. ¿Me entiende?

—Sí, creo que le entiendo. A mí me ha sucedido muchas veces, pero por poco tiempo, y he logrado recobrarme y caer de pie —intento, simultáneamente, desviarlo del camino que toma nuestra charla y darle a entender que he recibido el mensaje.

—Usted es inmortal, Gaviero. No importa que un día se muera como todos. Eso no cambia nada. Usted es inmortal mientras está viviendo. Yo creo que he muerto hace tiempo. Mi vida está hecha como si hubieran cosido caprichosamente los retazos que quedan después de cortar un traje. Cuando me di cuenta de eso dejé el aguardiente. Es imposible engañarse más tiempo. Al verlo resucitar en el salón de la escuela y vencer la plaga, vi muy claro en mí. Vi en dónde había estado mi error y cuándo había comenzado.

—¿Al dejar Hamburgo, tal vez? —le pregunto tanteando el terreno.

—Es igual. ¿Sabe? Es igual. Pudo ser también al huir con la china. Al abandonar las Antillas. No sé. Tampoco importa mucho. Es igual —se nota en su voz un desasosiego, una irritación dirigida más hacia él que hacia mí. Es como si, cuando comenzó la charla, no hubiera esperado ir tan lejos.

—Sí —agrego—, tiene usted razón. Es igual. Cuando se llega a esas conclusiones, el principio no importa ni aclara mayor cosa.

Un largo silencio me hizo pensar que había vuelto a dormirse. Tornó a sobresaltarme:

—¿Sabe quién conoce de esto tanto como nosotros? —me pregunta en tono que hubiera podido ser jocoso.

—No. ¿Quién?

—El Mayor, hombre, el Mayor. Por eso volvió al puesto. Nunca lo había visto tan intrigado por un enfermo como se mostró con usted. Y mire que es mucho el soldado que ha visto agonizar. No es hombre que se conmueva así no más. Ya lo vio. No tengo que contárselo. Pues sepa que estuvo conmigo a su lado, muchas horas, vigilando sus delirios y siguiendo la lucha que libraba en esa hamaca, como una fiera recién capturada.

—Sí, algo sospeché de eso por la forma como me trató cuando me despedí de él y por las cosas que me dijo. No entendía por qué me salvé, y eso le intrigaba.

—Se equivoca. Entendió tan bien como yo. Supo descubrir en usted esa calidad de inmortal, y eso lo desconcertó tanto que cambió por completo su carácter. Fue la primera vez que le descubrí una grieta. Yo creí que era invulnerable.

—Me gustaría volverlo a ver —comenté pensando en voz alta.

—Lo volverá a ver. No se preocupe. También él quedó intrigado. Cuando se vean, usted se acordará de esto que le he dicho —hablaba ahora en tono sordo, aterciopelado, distante.

Entendí que había terminado nuestra charla. Permanecí mucho tiempo despierto, dándole vueltas al subterráneo sentido que fluía de las palabras del Capitán, que me iban calando muy hondo, trabajando zonas olvidadas de mi conciencia y sembrando señales de alarma por todas partes. Era como si alguien me estuviera poniendo ventosas en el alma.

Junio 12

La cordillera se alza en el horizonte, frente a nosotros, con una precisión abrumadora. Caigo en la cuenta de que había olvidado lo que se sentía frente a ella, lo que ella representa para mí como ámbito protector, como fuente inagotable de pruebas tonificantes, de retos que aguzan los sentidos y vigorizan mi necesidad de provocar el azar, en el intento de establecer sus límites. Ante el espectáculo de esa cadena de montañas opacadas por el tono azulino del aire, siento subir del fondo de mí mismo una muda confesión que me llena de gozo y que sólo yo sé hasta dónde explica y da sentido a cada hora de mi vida: "Soy de allí. Cuando salgo de allí, empiezo a morir". Tal vez a eso se refiera el Capitán cuando habla de mi inmortalidad. Sí, eso es, ahora lo comprendo plenamente. Flor Estévez y su indomable melena retinta, sus palabras brutales y bienhechoras, su cuerpo en desorden y sus canciones para arrullar rufianes y criaturas cuya desvalida inocencia sólo ella comprende con ese saber de mujer estéril que sacude a la vida por los hombros hasta que la obliga a rendir lo que le pide.

La cordillera. Todo lo que ha tenido que suceder hasta llegar a esta experiencia de la selva, para que ahora, con las señales aún frescas en mi cuerpo de las pruebas a que me ha sometido el paso por su blando infierno en descomposición, descubra que mi verdadera morada está allá, arriba, entre los hondos barrancos donde se mecen los helechos gigantes, en los abandonados socavones de las minas, en la húmeda floresta de los cafetales vestidos con la nieve atónita de sus flores o con la roja fiesta de sus frutos; en las matas de plátano, en su tronco de una indecible suavidad y en sus reverentes hojas de un verde tierno, acogedor y terso; en sus ríos que bajan golpeando contra las grandes piedras que el sol calienta para delicia de los reptiles que hacen en ellas sus ejercicios eróticos y sus calladas asambleas, en las vertiginosas bandadas de pericos que cruzan el aire con una algarabía de ejército que parte a poblar las altas copas de los cámbulos. De allá soy, y ahora lo sé con la plenitud de quien, al fin, encuentra el sitio de sus asuntos en la tierra. De allá partiré de nuevo, no sé cuántas veces, pero no será para tornar a los parajes de donde ahora vengo. Y cuando esté lejos de la cordillera, me dolerá su ausencia con un dolor nuevo hecho de la ansiedad febril de regresar a ella y perderme en sus caminos que huelen a monte, a pasto yaraguá, a tierra recién llovida y a trapiche en plena molienda.

Ha llegado la noche y me tiendo en la hamaca. Como una promesa y una confirmación viene la brisa fresca que arrastra a trechos un aroma de frutas cuya existencia se había borrado de la memoria. Entro en el sueño como si fuera a vivir una vez más mi juventud, ahora por el breve plazo de una noche, pero habiéndola rescatado intacta, sin que hayan prevalecido contra ella mi propia torpeza ni mis tratos con la nada.

Junio 13

Hoy terminé el libro sobre el homicidio de Luis de Orléans ordenado por Juan sin Miedo Duque de Borgoña. Guardo el libro entre mis escasas pertenencias, porque habré de volver sobre algunos detalles del asunto. Hubo, es evidente, una larga

provocación de parte de la víctima, secundada por
Isabeau de Baviera, su cuñada y, de seguro, su aman-
te. El pudor del preboste de París y los remilgos del
autor no permiten dilucidar este asunto que me parece de una importancia capital. La lucha entre
Armagnacs y Borgoñones podría estudiarse desde ángulos harto sorprendentes, sobre todo en su origen y
en los móviles verdaderos que la originaron. Pero
esto es asunto para rastrear en otra oportunidad. Deben existir en los archivos de Amberes y de Lieja documentos reveladores que algún día habré de hojear.
Me propongo hacerlo si todavía puedo prestar algún
servicio a mi querido Abdul Bashur y a sus socios.
Abdul, qué personaje. Conviven en él el amigo caluroso e incondicional, dispuesto a perderlo todo por
sacarnos de un aprieto y el negociante de astucia
implacable, empeñado en venganzas laberínticas a
las que puede dedicar lo mejor de su tiempo y de su
fortuna. Lo conocí en un café de Port Said. Estaba en
una mesa vecina, tratando de vender una colección
de ópalos a un judío de Tetuán que, o no entendía la
jerigonza que le hablaba Abdul, o no quería enten-
derla para que éste agotara sus argumentos y adquirir
la mercancía por un precio menor. Abdul volvió a
mirarme y, con esa intuición del levantino para saber
en qué idioma puede hablar con un desconocido, me
pidió en flamenco que le ayudara en el negocio y me
ofreció una participación interesante. Pasé a su mesa
y me entendí en español con el israelita. Abdul me
daba los argumentos en flamenco y yo los desplegaba
en castellano. Se cerró el trato tal como Abdul quería. Allí nos quedamos, mientras el judío se alejaba
manoseando sus piedras y musitando oblicuas maldi-

ciones contra toda la estirpe de mis antepasados. Abdul y yo nos hicimos muy pronto buenos amigos. Me contó que tenía con sus primos un negocio de astilleros, pero que pasaban por una mala racha. Estaba reuniendo dinero para volver a Amberes y restablecer en mejor forma la sociedad. Anduvimos dando tumbos por varios lugares del Mediterráneo, hasta cuando, en Marsella, conseguimos colocar un cargamento en extremo comprometedor con el que nadie quería arriesgarse. La ganancia lograda en esta operación le permitió a Abdul rehacer su compañía y a mí sepultar la parte que me correspondió en la descabellada operación de las minas del Cocora, en donde lo perdí todo y casi dejo la vida. En otra oportunidad relaté algo de esto.

Abdul Bashur me escribió más tarde ofreciéndome el negocio del carguero con bandera tunecina y resolví mejor probar fortuna en este asunto de los aserraderos que, por lo que me entero, promete bien poco o tal vez nada. Ahora que regresan a mi mente todos estos episodios y proyectos del pasado, siento que me invade un cansancio indecible, un torpor y una abulia como si hubieran transcurrido diez años de mi vida en estos parajes de condenación y ruina.

Junio 16

Antier en la madrugada me despertó una sombra que ocultaba el primer rayo de sol que suele darme en los ojos y al que ya estoy acostumbrado porque me obliga a dar vuelta en la hamaca sin despertar del todo y seguir durmiendo una hora más ese sueño, particularmente reparador, que repone el sobresaltado dormir de la noche. Algo que colgaba en los barrotes del toldo me estaba tapando la luz. Desperté de golpe: el cuerpo del Capitán se balanceaba suavemente, colgado del soporte horizontal. Pendía de espaldas, con la cabeza recostada en el grueso cable que usó para ahorcarse. Llamé a Miguel el mecánico, quien vino en seguida y me ayudó a descolgar el cuerpo. El rostro amoratado tenía una expresión desorbitada y grotesca que lo hacía irreconocible. Sólo entonces me di cuenta que uno de los rasgos constantes del difunto, así estuviera en la peor ebriedad, era una cierta ordenada dignidad de sus facciones que hacía pensar en algún actor dedicado antaño a grandes papeles trágicos del teatro griego o isabelino. Buscamos en sus ropas por si había dejado alguna nota y no encontramos nada. El semblante del mecánico estaba ahora más cerrado e inexpresivo que nunca. El práctico se acercó a observarnos y movía la cabeza con esa resignada comprensión propia de los ancianos. Detuvimos el lanchón en una orilla donde hallamos el terreno adecuado para sepultar el cuerpo. Lo envolvimos en la hamaca que solía usar con más frecuencia. Cavamos la tierra que tenía una consistencia arcillosa y un color rojizo que se iba haciendo más intenso a medida que la fosa se hacía más honda. Esta tarea nos tomó varias horas. Terminamos bañados en sudor y con los miembros doloridos. Descendimos el cuerpo y volvimos la tierra a su lugar. El práctico, entretanto, había fabricado una cruz con dos ramas de guayacán que fue a cortar tan pronto tocamos tierra y que labró con cariñosa paciencia mientras nosotros trabajábamos con las palas. Con su navaja había grabado en el palo transversal, en letras de un esmerado diseño, sólo esto: "El Kapi". Permanecimos un rato en silencio alrededor de la tumba. Pensé en decir algo, pero me di cuenta que rompería el recogimiento en que estábamos. Cada uno evocaba a su manera y con su particular dotación de recuerdos al compañero que por fin halló reposo después de haber vivido, como él mismo me dijo tantas veces, la vida que no le correspondía. Mientras nos dirigíamos al lanchón para seguir el viaje, supe que dejaba allí a un amigo ejemplar en su solidaria discreción y en su cariño firme y sin aristas.

Cuando arrancó el planchón fui a conversar con el mecánico para preguntarle cómo seguir el viaje. "No se preocupe —me dijo en su bárbara pero inteligible mezcla de lenguas—, vamos a los aserraderos. Yo soy el dueño de la lancha desde hace dos años. Cuando el Capi la compró, en la base del río grande, yo puse este motor que cuidaba desde hacía tiempo en espera de una oportunidad como ésa. Más tarde le compré la lancha, pero nunca quise que dejara su cargo. A dónde iba a ir y quién lo iba a recibir con esa manera de tomar que tenía. Esas órdenes que gritaba creo que le daban la impresión de seguir siendo el dueño y capitán de la lancha. Era un hombre bueno, sufría mucho, y quién iba a entenderlo mejor que yo. Él me llamó Miguel. Mi verdadero nombre es Xendú, pero no le gustaba. A usted lo respetaba mucho, y a veces se lamentaba por no haberlo conocido en otra época. Decía que hubieran hecho grandes cosas juntos". Miguel regresó a su motor y yo me quedé recostado en uno de los postes, mirando la corriente. Volví a pensar que nada sabemos de la muerte y que todo lo que sobre ella decimos, inventamos y propalamos son miserables fantasías que nada tienen que ver con el hecho rotundo, necesario, ineluctable, cuyo secreto, si es que lo tiene, nos lo llevamos al morir. Era evidente que el Capitán había tomado la determinación de matarse desde hace muchos días. Cuando dejó de beber era señal de que algo se había detenido dentro de él, algo que aún lo mantenía vivo y que se había roto para siempre. La charla que tuvimos la otra noche me regresa ahora con una claridad irrebatible. Estaba informándome sobre lo que tenía resuelto. No era hombre para decir, así, de repente: "Me voy a matar". Tenía el pudor de los vencidos. Yo no quise descifrar el mensaje o, mejor, preferí dejarlo oculto en ese recodo del alma en donde guardamos las noticias irrevocables, las que ya no cuentan con nosotros para cumplirse fatalmente. Pienso que debió agradecer mi actitud. Lo que me dijo era para ser recordado después de su muerte y perpetuarse con su memoria que, él lo sabía, me acompañaría siempre. Cuánta discreción en la manera de quitarse la vida. Esperó a que yo durmiera profundamente. Debió ser poco antes del alba. Era forzoso para él usar uno de los barrotes del toldo. Cualquier otra forma de acabar habría sido notada por todos. Ese pudor completa armoniosamente su carácter y me hace sentirlo aún más cercano, más conforme con cierta idea que tengo de los hombres que saben andar por el mundo entre el avieso y aturdido tropel de sus semejantes. Más pienso en él, más advierto que llegué a conocer prácticamente todo sobre su vida, su manera de ser, sus caídas y sus encontradas ilusiones. Me parece haber conocido a sus padres: la madre, piel roja cerril y leal a su hombre; el padre, perdido en el sueño del oro y en la inalcanzable felicidad. Veo a la gorda patrona del burdel de Paramaribo y escucho su risa gozadora y sus pasos de plantígrado sensual. Y la china. Para mí, la más familiar de sus criaturas. Mucho habría que decir sobre ella y sobre su abandono en la gran cloaca de Sankt-Pauli. Fue una manera de iniciar su muerte, de comenzar a construirla dentro de sí con paso irremediable, con una mutilación sin cura posible. No consigo dormir. Toda la noche doy vueltas en la hamaca recordando, meditando, reconstruyendo un inmediato pasado en el que recibí dos o tres enseñanzas que han de señalar para siempre mis días por venir. Tal vez aquí comience mi muerte. No me atrevo a pensar mucho en esto. Prefiero que todo trate de ordenarse solo de nuevo. Por ahora, lo importante es regresar al páramo y acogerme a la protección arisca y salutífera de Flor Estévez. Ella hubiera entendido tan bien al Capi. O quién sabe, tiene un olfato muy aguzado para descubrir a los perdedores y no suelen éstos ser su género. Qué complicado es todo. Cuántos tumbos en un laberinto cuya salida hacemos lo posible por ignorar y cuántas sorpresas y, luego, cuánta monotonía al comprobar que no han sido tales, que todo lo que nos sucede tiene el mismo semblante, idéntico origen. El sueño no vendrá ya. Iré a tomar un café con Miguel. Ya sé a dónde conducen estas elucubraciones sobre lo irremediable. Hay una aridez a la que es mejor no acercarse. Está en nosotros y es mejor ignorar la extensión que ocupa en nuestra alma.

Junio 18

Recurro ahora a unas cuartillas de papel de carta con membrete oficial que el Capitán guardaba en un cajón con otros papeles relacionados con la lancha y con trámites aduanales. Me doy cuenta que me cuesta trabajo continuar este diario. En alguna forma, difícil de establecer, buena parte de lo que he venido escribiendo estaba relacionado con su presencia. No que pensara en ningún momento que él iría a leerlo alguna vez. Nada más lejano a ese propósito. Es como si su compañía, su figura, su pasado, su manera de subsistir al margen de la vida, me sirvieran de referencia, de pauta, de inspiración, para decirlo de una vez a pesar de tanta necedad que esa palabra ha tenido que arrastrar en manos de los sandios. Lo que ahora registro en estas páginas, al estar relacionado exclusivamente conmigo y con las cosas que veo o los hechos que suceden a mi lado, adolece de un vacío, de una falta de peso, que me hace sentir como un viajero de tantos en busca de experiencias nuevas y de emociones inesperadas, o sea, lo que mueve mi rechazo más radical, casi fisiológico. Pero, por otra parte, es evidente, también, que me basta recordar algunas de sus frases, de sus gestos, de sus órdenes desorbitadas, para hallar de nuevo el impulso que me permite seguir emborronando papel. Anoche tuve, por cierto, un sueño revelador, tan rico en detalles, en volumen, en coherencia, que seguramente saldrá de él la subterránea energía para continuar con este diario.

Estaba con Abdul Bashur en un muelle de Amberes —que él pronuncia siempre en flamenco: Antwerpen

—y nos dirigíamos a visitar el carguero cuya custodia iba a confiarme. Llegamos frente al buque que lucía como nuevo, recién pintado, con todas sus pasarelas y tuberías refulgentes y netas. Subimos por la escalerilla. En cubierta, una mujer restregaba el piso de madera con una energía y una dedicación inquietantes. Sus formas rotundas se ponían en relieve cada vez que se agachaba para raspar una mancha rebelde al cepillo. La reconocí al instante: era Flor Estévez. Se incorporó sonriendo y nos saludó con su brusca cordialidad de siempre. Algo dijo a Abdul que me indicó que ya se conocían. Se volvió luego para decirme: "Ya casi terminamos. Cuando salga del puerto este barco, será la envidia de todos. En la cabina hay café y alguien los está esperando". Llevaba la blusa desabrochada. Sus pechos asomaban casi por completo, morenos y abundantes. Con cierto pesar la dejé en cubierta y seguí a Bashur a la cabina. Cuando entramos, estaba allí el Capitán, al pie del escritorio, en donde se amontonaban en desorden papeles y mapas. Tenía la pipa en la mano y nos saludó con un apretón vigoroso y corto con algo de gimnástico. "Bueno —comentó mientras se rascaba la barbilla con la mano que tenía la pipa —aquí estoy de nuevo. Lo que pasó en el planchón fue apenas un ensayo. No resultó. Aquí hemos trabajado muy duro, y ya sea que se venda o que resolvamos operarlo nosotros, la compra del barco ha sido un negocio brillante. La señora piensa que sería mejor que nos quedásemos con él. Yo le dije que ya se vería qué opinaban ustedes. Por cierto, Gaviero, que lo está esperando con una ansiedad muy grande. Trajo las cosas que dejó en el páramo y no estaba segura si faltaba algo". Le expliqué que ya la habíamos visto. "Vamos entonces —prosiguió—, quiero que le den una mirada a todo". Salimos. Empezó a oscurecer muy rápidamente. El Capitán iba adelante para indicarnos el camino. Cada vez que se volvía yo notaba que su rostro iba cambiando, que una tristeza y una mueca desamparada se fijaban con creciente evidencia en sus facciones. Cuando llegamos al cuarto de máquinas, advertí que cojeaba ligeramente. Tuve entonces la certeza de que ya no era él, que era otro a quien seguíamos y, en efecto, cuando se detuvo a mostrarnos la caldera, nos hallamos frente a un anciano, vencido y torpe, que musitaba con palabras estropajosas algunas explicaciones deshilvanadas que nada tenían que ver con lo que señalaba su mano temblorosa y mugrienta. Abdul no estaba ya conmigo. Un viento helado entró por las escotillas meciendo el barco cuya solidez e imponencia habían desaparecido. El anciano se alejó hacia una escalera que descendía a las profundidades de la cala. Yo me quedé ante un destartalado amasijo de fierros, bielas y válvulas que debían estar fuera de uso hacía muchísimo tiempo. Pensé en Flor Estévez. Dónde estaría. No podía imaginarla vinculada a la sórdida ruina que me rodeaba. Corrí hacia cubierta con afán de encontrarla, tropecé en un escalón que cedió a mi paso y caí en el vacío.

Desperté bañado en sudor, y en la boca una amarga sensación de haber masticado un fruto descompuesto. La corriente del río es más irregular y fuerte. Una brisa de montaña llega como un anuncio de que entramos en una región por completo diferente a las que hemos recorrido hasta ahora. El práctico, con la mirada puesta en la cordillera, cocina una mezcla de frijoles y yuca que despide un aroma insípido. Me recordó al instante la selva y su clima de quebranto y lodo.

Junio 19

Hoy tuve con el práctico una conversación que me sirvió para aclarar, así sea parcialmente, el enigma de los aserraderos. En la mañana me trajo el café con los imprescindibles plátanos fritos. Se quedó ahí, esperando a que terminara mi desayuno, con evidentes deseos de decirme algo.

—Bueno, ya vamos llegando, ¿verdad? —le comenté para darle pie a que dijera lo que traía atorado y no se atrevía a decir a causa de esa distancia en que se refugian los ancianos para evitar ser lastimados o desoídos.

—Sí, señor, pocos días faltan. Usted no ha estado nunca por allá, ¿no? —había una punta de curiosidad en la pregunta.

—Jamás. Pero, dígame, ¿qué hay realmente en esas factorías?

—Las máquinas las montaron unos señores que vinieron de Finlandia. Los aserraderos son tres, instalados a varios kilómetros de distancia uno de otro. Los cuida la tropa, pero los ingenieros se fueron. De eso hace varios años.

—¿Y qué madera pensaban trabajar? Por aquí no veo árboles suficientes para alimentar tres instalaciones como las que me cuenta.

—Creo que al pie de la cordillera sí hay madera

buena. Eso oí decir alguna vez. Pero parece que no se puede traer hasta los aserraderos.

—¿Por qué?

—No sé, señor. De veras no se lo podría decir — algo ocultaba. Vi cruzar por su rostro una sombra de miedo. Las palabras no le salían ya tan espontáneas y fáciles. Los deseos de conversar se le habían pasado y consideraba haber dicho ya lo suficiente.

—¿Pero quién sabe sobre esto? Tal vez la tropa pueda informarme cuando lleguemos. ¿No cree? —no tenía muchas esperanzas de sacarle mucho más.

—No, señor, la tropa no. No les gusta que les pregunten sobre eso, y no creo que sepan mucho más que nosotros —inició un gesto de retirada recogiendo la taza y el plato vacíos.

—¿Y si hablo con el Mayor? —había tocado un punto delicado. El viejo se quedó quieto y no se atrevía a volver la vista hacia mí—. Hablaré con él si es el caso. Estoy seguro de que me contará lo que quiero saber. ¿No cree?

Se fue hacia popa, lentamente, mientras murmuraba con la vista puesta en la lejanía:

—Tal vez a usted le diga algo. A los que vivimos aquí nunca nos dice nada ni le gusta que nos metamos en ese asunto. Háblele si quiere. Allá usted. Creo que le tiene buena ley. —Mientras musitaba estas palabras alzó los hombros con la resignación frente a lo irremediable y a la necedad de los demás, propia de los ancianos y, en él, aún más acusada. Recordé su conducta cuando descolgamos el cadáver del Capitán, y, luego, en el sepelio. No quería participar en los dañinos juegos de los hombres. Había vivido tanto, que la suma de insensatez le debía ser no ya intolerable, sino por completo ajena.

En lo que el práctico me relató no había mayor novedad. Atando cabos, desde hace tiempo tengo la convicción de que el negocio que me describieron el camionero en el páramo y, luego, las personas con las que me entrevisté al llegar a la selva, es un espejismo edificado con restos de rumores: vagas maravillas de riquezas al alcance de la mano y golpes de suerte de los que, en verdad, jamás le suceden a la gente. Y la persona ideal para caer en semejante trampa soy yo, sin duda, porque toda la vida he emprendido esa clase de aventuras, al final de las cuales encuentro el mismo desengaño. Si bien termino siempre por consolarme pensando que en la aventura misma estaba el premio y que no hay que buscar otra cosa diferente que la satisfacción de probar los caminos del mundo que, al final, van pareciéndose sospechosamente unos a otros. Así y todo, vale la pena recorrerlos para ahuyentar el tedio y nuestra propia muerte, esa que nos pertenece de veras y espera que sepamos reconocerla y adoptarla.

Junio 21

Desaliento creciente y falta de interés, no sólo en relación con la historia de las factorías, sino con el viaje mismo y todos sus incidentes, contratiempos y revelaciones. El paisaje parece estar en armonía con mi estado de ánimo: una vegetación casi enana, de un verde intenso y ese olor a polen concentrado que parece pegarse a la piel; la luz tamizada a través de una tenue niebla que nos hace confundir las distancias y el volumen de los objetos. Durante toda la noche cae una llovizna persistente que inunda el toldo y escurre sobre el cuerpo en tibias gotas de algo que más parece savia que agua de lluvia. Miguel, el mecánico, protesta a cada rato por las dificultades que tiene con el motor. Nunca le había escuchado queja alguna, ni siquiera cuando tuvimos que afrontar los rápidos. Es evidente que extraña la selva y que esta tierra le produce una reacción que afecta su humor y debilita sus vínculos con la máquina. Es como si quedara de repente desamparado y el motor se le enfrentara como alguien que le es ajeno y adverso. El práctico continúa con la vista fija en la cordillera. De vez en cuando mueve la cabeza como si tratase de ahuyentar alguna idea que le perturba.

No es el ánimo más propicio para continuar estas notas. Me conozco bastante y sé que por esta pendiente puedo terminar sin asidero alguno. En la soledad de estos parajes y sin más compañía que estos dos residuos del trabajo devastador de la selva, se corre el riesgo de no recuperar así sean las más fútiles razones para seguir entre los vivos. Con la luz de la tarde vino la llovizna. La niebla se fue y el ámbito adquirió por momentos una transparencia como si el mundo estuviera recién inaugurado. El práctico me hizo señas desde la proa para mostrarme, allá, al frente, al pie del escarpado macizo de montañas, un reflejo metálico que, con los últimos rayos de sol, lucía un tono dorado que recuerda las cúpulas de las pequeñas iglesias ortodoxas de la costa dálmata. "Allá están. Esos son. Mañana en la noche llegamos, si todo va bien" —me explicó con su voz cansina y ausente de

matices, como emitida por un muñeco de ventrílo-
cuo. Me sorprendí pidiendo para mis adentros que el
viaje se prolongase aún por un tiempo indefinido,
para, así, alejar el momento de sufrir la enfadosa
realidad de esas desorbitadas estructuras cuyo brillo
se va apagando a tiempo que la noche se abre paso
acompañada por la algarabía de los grillos y de las
bandadas de loros en busca de un refugio nocturno en
las estribaciones de la sierra. Me he puesto a escribir
una carta para Flor Estévez, sin otro propósito que
sentirla cercana, y atenta a la descabellada historia
de este viaje. Confío en entregársela un día. Por
ahora, el alivio que me proporciona redactar esos
renglones es, de seguro, una manera de escapar a este
deslizarme hacia la nada que me va ganando y que,
por desgracia, me resulta más familiar de lo que yo
mismo imagino cuando lo evoco como algo que ya
pasó sin dejar rastro aparente.

"Flor señora: Si los caminos de Dios son insonda-
bles, no lo son menos los que yo me encargo de
transitar en esta tierra. Aquí estoy, a pocas horas de
llegar a las famosas factorías de las que nos habló el
chofer que pasaba con ganado del Llano, y no sé sobre ellas mucho más de lo que nos contó esa noche
de confidencias y ron, allá, en La Nieve del Almirante, que, dicho sea de paso, es donde quisiera estar,
y no aquí. En efecto, tengo muchas razones para creer
que la cosa parará en nada, según las noticias bastante vagas que he venido recibiendo mientras subo el
Xurandó; que es un río con más caprichos, resabios y
humores encontrados que los que usted saca a relucir
cuando el páramo se cierra y llueve todo el día y toda
la noche y hasta las cobijas parecen empapadas. La

otra noche soñé con usted, y no es cosa que le cuente
de qué se trataba, porque tendría que ponerla en an-
tecedentes sobre algunos personajes del sueño que le
son desconocidos, y eso daría para muchas páginas.
Aquí estoy escribiendo, cuando puedo y en hojas de
la más varia calidad y origen, un diario en donde registro todo, desde mis sueños hasta los percances del
camino, desde el carácter y figura de quienes viajan
conmigo hasta el paisaje que desfila ante nosotros
mientras subimos. Pero, volviendo al sueño, es bueno que le adelante que en él o, mejor, a través de él
he llegado a darme cuenta de la importancia cada día
más grande que usted tiene en mi vida y la forma
como su cuerpo y su genio, no siempre manso, presi-
den los accidentes de aquélla y la ruina en que ésta
suele refugiarse cuando estoy harto de andanzas y
sorpresas. Claro que a estas horas, esto no debe ser
ninguna novedad para usted. Conozco sus talentos de
adivina y de hermética pitonisa. Por eso, ni siquiera
me demoro en relatarle en detalle cómo me hace falta, en esta hamaca, sentir el desorden de su cuerpo y
oírla bramar en el amor como si se la estuviera tra-
gando un remolino. Esas no son cosas que deban es-
cribirse, no solamente porque nada se adelanta con
eso, sino porque, ya en el recuerdo, adolecen de no sé
qué rigidez y sufren cambios tan notables que no vale
la pena registrarlas en palabras. Ignoro cómo se pre-
sentarán aquí las cosas. Lo cierto es que tengo la cordillera en frente y me llegan sus aromas y murmullos.
No hago sino pensar en esos lugares, en donde, ahora, he conseguido verlo claro, definitivamente está
mi lugar en la tierra. Su dinero sigue aquí guardado y
me sospecho que regresará intacto, que es lo que, en

verdad, deseo. He pensado en contarle un poco cómo
es la selva y quién vive por estos lugares, pero creo
que mejor podrá enterarse de ello en mi diario, si lo-
gro llegar con él intacto y con su autor en iguales
condiciones. Dos veces he visto la muerte, cada una
con rostro distinto y diciéndome sus ensalmos, tan a
mi lado que no creí regresar. Lo raro es que esta experiencia en nada me ha cambiado, y sólo sirvió para
caer en la cuenta de que, desde siempre, esa señora
ha estado vigilándome y contando mis pasos. El Capitán, sobre el cual espero que hablemos largamente
en breve, me dijo que, sin importar que un día muera,
como es predecible, mientras esté vivo soy inmortal.
Bueno, la cosa no es bien así. Él la dijo mejor, desde
luego, pero en el fondo esa es la idea. Lo que me llama más la atención es que yo había pensado ya en
eso, pero aplicado a usted. Porque creo que, desde La
Nieve del Almirante, usted ha ido tejiendo, constru-
yendo, levantando todo el paisaje que la rodea. Muchas veces he tenido la certeza de que usted llama a
la niebla, usted la espanta, usted teje los líquenes gigantes que cuelgan de los cámbulos y usted rige el
curso de las cascadas que parecen brotar del fondo de
las rocas y caen entre helechos y musgos de los más
sorprendentes colores: desde el cobrizo intenso hasta
ese verde tierno que parece proyectar su propia luz.
Como ha sido tan poco lo que hemos hablado, a pesar
del tiempo que llevamos juntos, estas cosas tal vez le
parezcan una novedad, cuando, en realidad, fueron
las que me decidieron a permanecer en su tienda con
el pretexto de curarme la pierna. Por cierto que una
parte de ésta ha quedado insensible, aunque puedo
usarla normalmente para caminar. No tengo mucho

talento para escribir a alguien que, como usted, llevo tan adentro y dispone con tanto poder hasta de los más escondidos rincones y repliegues de este Gaviero que, de haberla encontrado mucho antes en la vida, no habría rodado tanto, ni visto tanta tierra con tan poco provecho como escasa enseñanza. Más se aprende al lado de una mujer de sus cualidades, que trasegando caminos y liándose con las gentes cuyo trato sólo deja la triste secuela de su desorden y las pequeñas miserias de su ambición, medida de su risible codicia. Pues el motivo de estas líneas ha sido, únicamente, hablarle un rato para descansar mi ansiedad y alimentar mi esperanza, hasta aquí llego y le digo hasta pronto, cuando de nuevo nos reunamos en La Nieve del Almirante y tomemos café en el corredor de enfrente, viendo venir la niebla y oyendo los camiones que suben forzando sus motores y cuyo dueño podremos identificar por la forma como cambia las marchas. No es esto todo lo que quería decirle. Ni siquiera he comenzado. Lo cual, desde luego, no importa. Con usted no es necesario decir las cosas porque ya las sabe desde antes, desde siempre. Muchos besos y toda la nostalgia de quien la extraña mucho".

Junio 23

Hoy al atardecer llegamos al primer aserradero. Lo que veíamos a distancia en línea recta frente a nosotros no estaba tan cerca. El Xurandó hace en este trayecto una serie de amplias curvas que sucesivamente alejan y acercan la brillante estructura de aluminio y

cristal hasta convertirla en un espejismo. Impresión
que se acentúa por lo inesperado de tal arquitectura
en clima y lugar semejantes. Atracamos en un pequeño muelle flotante, asegurado con cables de color
amarillo y planchas de madera clara, mantenidas en
impecable limpieza. Me hizo pensar en algún sitio del
Báltico. Descendimos y nos acercamos al edificio que
está rodeado por un muro de alambre de más de dos
metros de altura, con postes metálicos pintados de
azul marino y colocados a diez metros uno de otro.
Esperamos un buen rato en la garita de entrada y, finalmente, apareció un soldado que venía del edificio
principal arreglándose la ropa, como si hubiera estado durmiendo. Nos informó que el resto de la gente
había ido de cacería y regresaría hasta mañana en la
madrugada. Cuando le pregunté, movido por una curiosidad inesperada, qué cazaban por allí, el soldado
se me quedó mirando con esa expresión atónita, tan
característica de la gente de tropa cuando no sabe
cómo ocultar algo a los civiles y, finalmente, resuelve
mentir, cosa que, de seguro, jamás haría con sus superiores: "No sé. Nunca he ido. Zarigüeyas, creo, o
algo así", contestó, a tiempo que nos volvía la espalda y se alejaba hacia el edificio. Regresamos a la
lancha para cenar algo, dormir, y al día siguiente intentar de nuevo. Una vez más, con las últimas luces
de la tarde, la enorme estructura metálica se erguía
envuelta en un halo dorado que le daba un aspecto
irreal, como si estuviese suspendida en el aire.
Consta de un gigantesco hangar, semejante a los que
se usaban para guardar los zepelines, flanqueado por
una pequeña edificación que evidentemente sirve de
bodega, y un grupo de tres barracas en hilera, de cua-

tro piezas cada una, que deben servir para alojar a quienes cuidan el sitio.

El hangar está construido en estructura de aluminio, con amplios ventanales en los costados y al frente, y una bóveda en donde se suceden extensas marquesinas, también de cristal, esmerilado en este caso, para opacar la entrada del sol al recinto. Recuerdo haber visto construcciones similares, no sólo al borde del lago de Constanza y a orillas del mar del Norte o del Báltico, sino también en algunos puertos de Louisiana y de la Columbia Británica, en donde se embarca madera ya cortada en tablones, lista para viajar a los más apartados lugares del mundo. La estrafalaria presencia de semejante edificio a orillas del Xurandó, al pie de la selva, se acentúa aún más por la manera impecable como está mantenido. Brilla cada centímetro de metal y de vidrio, como si hubieran terminado de construirlo hace apenas unas horas. De repente, un fuerte chasquido anunció el arranque de una turbina. Todo el conjunto se iluminó con una luz parecida a la de los tubos de neón, pero mucho más tenue y difusa. No alcanzaba a proyectarse en la atmósfera circundante y, por tal razón, no la habíamos visto de lejos. La impresión de irrealidad, de intolerable pesadilla de tal presencia en medio de la noche ecuatorial, apenas me permitió dormir y visitó mis sueños intermitentes, dejándome cada vez bañado en sudor y con el corazón desbocado. Intuí que jamás tendría la menor oportunidad de tratar con quienes habitaban este edificio inconcebible. Un vago malestar se ha ido apoderando de mí y ahora me distraigo escribiendo este diario para no mirar hacia la gótica maravilla de aluminio y cristal que flota iluminada con esa luz de morgue, arrullada por el manso zumbido de su planta eléctrica. Ahora entiendo las reservas y evasivos intentos del Capitán, el Mayor y los demás con quienes hablé de esto, ante mi insistencia de saber lo que en verdad son estos aserraderos. Era en vano hacerlo. La verdad resulta imposible de transmitir. "Usted ya verá", eso fue lo que, al final de cuentas, acabaron diciéndome todos, rehuyendo dar más detalles. Tenían razón. Aquí, pues, de nuevo, el Gaviero viene a recalar en uno más de sus insólitos e infructuosos asombros. No hay remedio. Así será siempre.

Junio 24

Esta mañana fui de nuevo a la garita. Un centinela oyó mi solicitud de hablar con alguien y, sin contestarme, cerró la ventanilla. Vi que hablaba por teléfono. Volvió a abrirla y me dijo: "No se puede recibir a extraños en estas instalaciones. Buenos días". Iba a cerrar de nuevo y me apresuré a preguntarle: "¿El ingeniero? No quiero hablar con nadie de la guardia, sino con él. Es un asunto relacionado con la venta de madera. Así sea por teléfono me gustaría explicarle al ingeniero el motivo de mi viaje hasta aquí". Me observó un instante con una mirada neutra, inexpresiva, como si hubiera escuchado mis palabras desde un altoparlante lejano. Con voz también sin matices, casi sin energía, me explicó: "Aquí hace mucho que no hay ningún ingeniero. Sólo hay tropa y dos suboficiales. Tenemos instrucciones de no hablar con nadie. Es inútil que insista." El timbre del teléfono sonaba con frenética insistencia. El hombre cerró la ventanilla y fue a contestar. Escuchó con aire concentrado y, al final, asintió con la cabeza como si recibiera una orden. Por una pequeña rendija que abrió para hacerse oír, me dijo: "Tienen que retirar el planchón antes del mediodía de mañana y absténgase de insistir en ver a nadie. No vuelva a la garita, porque no puedo hablar más con usted". Corrió el vidrio con un golpe seco y se puso a revisar unos papeles que tenía sobre el escritorio. Lo sentí inmerso en otro mundo; como si hubiera descendido a una gran profundidad en las aguas de un océano para mí desconocido y hostil.

Regresé a la lancha y estuve conversando con el práctico. "Ya me lo temía —me comentó—. Nunca he intentado hablar con ellos ni acercarme a la entrada. Esa tropa no pertenece a ninguna base cercana. La relevan cada cierto tiempo. Vienen del borde de la cordillera y hacia allá parten, cortando por mitad del monte. Ahora me dirá qué hacemos. Mañana al mediodía hay que salir de aquí. No creo que valga la pena insistir". Sugerí visitar las otras factorías que están más arriba: "No tiene caso intentarlo. Es lo mismo. Además, estamos algo cortos de diesel. Vamos a tener que bajar a media máquina, ayudados por la corriente. Si no encontramos en alguna ranchería, ojalá nos alcance para llegar a la base". Me acosté en la hamaca sin hablar más. Me invadieron una vaga frustración, un sordo fastidio conmigo mismo y con la cadena de postergaciones, descuidos e inadvertencias que me han traído hasta aquí y que hubiera sido tan sencillo evitar si otro fuera mi carácter. Bajaremos de nuevo. Un desánimo invencible me dejó allí tendido, tratando de digerir esa rabia que se iba extendiendo a todo y a todos, la conciencia de cuya inutilidad sólo me servía para incrementarla. En la noche, ya más resignado y tranquilo, encendí la lámpara para escribir un poco. La luz de quirófano que baña el edificio, su esqueleto de aluminio y cristal y el zumbido de la planta comienzan a resultarme tan intolerables que he resuelto partir mañana y alejarme de tan abrumadora presencia.

Junio 25

Salimos esta mañana con el alba. Al desamarrar el lanchón y dejarnos llevar por la corriente hacia el centro del río, se oyó una sirena que lanzaba desde el edificio un aullido apagado. A lo lejos respondió otra y, luego, otra más distante. Las factorías se comunicaban la partida de los intrusos. Había una altanera advertencia, una taciturna pesadumbre en esas señales que nos dejaron silenciosos y marchitos durante buena parte del día. Avanzábamos con una velocidad que, al principio, me resultó novedosa y grata. Pensé, de repente, en el Paso del Angel. Un escalofrío me recorrió la espalda. Bajar era, quizá, más fácil. Pero sentí que no tendría el ánimo de soportar una vez más el fragor de las aguas, su estruendo, sus remolinos, la fuerza arrolladora de su desbocada energía. Pasado el medio día llegamos a un extenso remanso que convertía el Xurandó en un lago cuyas orillas se perdían por dondequiera que miráramos. Comenzaba a quedarme dormido, en una siesta que esperaba reparadora, propicia para olvidar la reciente experiencia con el mundo enemigo de los aserraderos. Un lejano zumbido se fue acercando a nosotros. Luché entre el sueño y la curiosidad, y cuando el primero ganaba terreno rápidamente, escuché una voz que me llamaba: "Gaviero!, ¡Maqroll!, ¡Gaviero!" Desperté . El Junker de la base se deslizaba a nuestro lado. El Mayor, de pie en los flotadores, extendía la mano para recibir un cabo que le lanzaba el práctico. Lo tomó al segundo intento y fue acercando el hidroavión a la proa de la lancha. "Vamos a la orilla!", ordenó, mientras con la mano libre hacía un gesto de bienvenida. Lo noté más delgado, y el bigote no era ya tan recto e impecable. Atracamos el lanchón y aseguramos el Junker a la proa del mismo. El Mayor saltó a cubierta con elasticidad un tanto felina. Nos estrechamos las manos y fuimos a sentarnos en las hamacas. No esperó a preguntarme sobre el viaje. Entró de lleno en materia: "Una patrulla encontró la tumba del Capi. Estuve allá la semana pasada. Algún animal había intentado desenterrarlo. Ordené cavar más hondo y llenamos la mitad de la fosa con guijarros. Los muertos no se pueden enterrar así en la selva. Los animales los desentierran a los pocos días. ¿Ya viene, entonces, de bajada? Me imagino cómo le fue. Era inútil prevenirlo. Nadie cree cuando uno lo explica. Es mejor que cada quien haga la experiencia. ¿Y ahora, qué va a hacer?". "No sé —le respondí—, no tengo muchos planes. Pienso subir a la cordillera lo más pronto posible, pero ignoro si hay camino por este lado. Pero no quisiera irme con la curiosidad de averiguar qué pasa con esa gente de las factorías. Me dicen que las máquinas están intactas. Jamás volveré por allá. ¿Por qué no me cuenta?" Miró sus manos mientras sacudía las hojas y el barro que había dejado en ellas el cable. "Bueno, Gaviero —comenzó a decirme mientras sonreía vagamente—, le voy a contar. En primer lugar, no hay ningún misterio. Esas instalaciones van a revertir al Gobierno dentro de tres años. Alguien, muy arriba, está interesado en ellas. Debe ser un personaje muy influyente porque consiguió que sean custodiadas y mantenidas por la Infantería de Marina. Están, en efecto, intactas. Nunca se pudieron poner en marcha porque donde se encuentra la madera —y señaló hacia las estribaciones de la sierra —hay gente levantada en armas. ¿Quién la sostiene? No es preciso romperse la cabeza para adivinarlo. Cuando llegue la fecha de la reversión y se entreguen los aserraderos al Gobierno, es muy posible que la guerrilla desaparezca como por ensalmo. ¿Me entendió? Es muy sencillo. Siempre hay alguien más listo que uno, ¿verdad?" Otra vez ese tono entre burlón y protector, desenvuelto y de regreso de todo. Antes de pensar yo en preguntárselo, me dice: "¿Por qué no se lo advertí? Ya estamos muy grandecitos, ¿verdad? Le di a entender hasta donde me era permitido. Ahora que se va y, seguramente, no regrese nunca, se lo puedo contar todo. Qué bueno que salieran a tiempo. Esa gente no se anda con paños de agua tibia. Sólo dicen las cosas una vez. Luego abren fuego". Le expresé mi reconocimiento por haberme advertido, en la medida en que se lo permitía la prudencia, y me excusé de mi terquedad en continuar adelante. "No se preocupe —me dijo—, siempre sucede lo mismo. El negocio es muy tentador y no tiene nada de descabellado. Sólo que, es lo que le digo: siempre hay alguien más listo. Siempre. Menos mal que lo toma usted con cierta filosofía. Es la única manera. Bueno, ahora le voy a proponer lo siguiente: si desea ir al páramo, tal vez yo pueda ayudarlo. Mañana, si quiere, volamos a la Laguna del Sordo. Está en plena cordillera. En la orilla hay un pueblo, y de allí suben camiones hasta el páramo. Arregle con Miguel y mañana vengo de madrugada. En una hora de vuelo estaré allá. ¿Qué le parece?" Que no sé cómo pagarle el favor —le respondí conmovido por su interés—. En verdad no me siento con fuerzas para volver a la selva, ni para pasar de nuevo por los rápidos. Le pagaré a Miguel y mañana lo espero. Muchas gracias de nuevo y ojalá esto no le ocasione contratiempos". "Ya se lo dije desde el primer día en que hablamos: usted no es para esa tierra. No, no me causa ninguna molestia. El que manda, manda. Lo importante es saber hasta dónde y eso lo aprendí desde que era alférez. Es lo único que hay que saber cuando se llevan galones. Bueno, hasta mañana. Me voy porque apenas hay tiempo para regresar a la base". Me estrechó la mano, llamó con un silbido al práctico y saltó al avión. Algo dijo al piloto y se me quedó viendo con una sonrisa en donde había más picardía que cordialidad.

Esta será mi última noche aquí. Debo confesar que siento un alivio indecible. Es como si hubiera tomado un licor que, al instante, repusiera todas las fuerzas y me restituyera al mundo, al orden de cosas que me pertenecen. He hablado con Miguel. No puso ninguna objeción a que arreglásemos cuentas ahora mismo. Le pagué su dinero y di una buena propina al práctico. Trato de dormir. Una agitación, un aleteo que me recorre por dentro, me impide conciliar el sueño. Es como si me quitara una losa de encima, como si me relevaran de una tarea desmedida, lacerante, agobiadora.

Junio 29

A eso de las siete de la mañana el Mayor llegó en el Junker. Recogí mis cosas y me despedí de Miguel y del práctico. Este sonreía, con esa manera que tienen los viejos de hacerlo ante la necia insistencia de quienes repiten los errores que ellos mismos cometieron y habían olvidado. Miguel me dio la mano sin apretarla. Era como tener en la mía un pescado tibio y húmedo. En sus ojos advertí un lejano, tenue brillo por donde afloraba toda la cordialidad de que era capaz. En ese instante me di cuenta de que me despedía de la selva. El mecánico, no sólo la representa cabalmente, sino que está hecho de su misma substancia. Es una prolongación amorfa de ese universo funesto y sin rostro. Subí al Junker, me senté detrás del piloto y del Mayor y ajusté mi cinturón. Recorrimos el agua durante un momento y nos remontamos en medio de la vibración arrulladora del fuselaje. Caí en un torpor hipnótico hasta que el Mayor me tocó la rodilla y me mostró la laguna allá bajo. Acuatizamos suavemente. Nos dirigimos a un desembarcadero en donde nos esperaban un sargento y tres soldados. El Mayor bajó conmigo. Me despedí del piloto y en ese momento caí en la cuenta que no era el que yo conocía. A éste le faltaba un ojo y tenía en la frente una cicatriz nacarada. El Mayor me encargó con el sargento y le indicó que me buscara posada en el pueblo mientras conseguía un camión para subir al páramo. Me tendió la mano y, sin dejar que le expresara mi gratitud, me interrumpió con una seriedad un tanto forzada: "Por favor, en adelante, medite sus negocios y no vuelva a arriesgarse como lo hizo. No vale la pena. Sé lo que le digo. Usted ya lo sabe, además. Buena suerte. Adiós". Subió a la cabina del Junker, cerró de un golpe la puerta, haciendo resonar el fuselaje con un ruido que me resultó familiar y el hidroavión se alejó dejando una estela de espuma que fue disolviéndose a medida que el aparato se perdía entre las nubes bajas de la cordillera.

Algo ha terminado. Algo comienza. Conocí la selva. Nada tuve que ver con ella, nada llevo. Sólo estas páginas darán, tal vez, un desteñido testimonio de un episodio que dice muy poco de mi malicia y espero olvidar lo más pronto posible. Antes de una semana estaré en La Nieve del Almirante contándole a Flor Estévez cosas que, de seguro, ya poco tendrán que ver con lo que en verdad sucedió. Siento en el paladar el aroma del café y su amargo sabor estimulante.

Ayer llegaron al pueblo unos infantes de marina. Pertenecen al destacamento relevado en los ase—rraderos. Cuentan que el lanchón naufragó en el Paso del Angel y que los cuerpos de Miguel y del práctico no aparecieron. Parece que se los llevó la corriente muy abajo. Debió dejarlos tirados en alguna orilla de la selva. El planchón, desmantelado y lleno de abolladuras, se varó en un banco de arena. Nadie se presentó para rescatarlo.

Dentro del cuaderno formado con las hojas del diario de Maqroll el Gaviero había una página suelta, escrita en tinta verde, con el membrete de un hotel y sin fecha. Al leerla me di cuenta que tenía relación con el diario y por esa razón me parece oportuno transcribirla aquí. Su lectura puede interesar a quienes hayan seguido el relato que el diario contiene.

HÔTEL DE FLANDRE

Quai des Tisserands No. 9   Tel. 3223
Anvers

... como estaba convenido. Durante tres días subimos por una carretera empinada y llena de curvas de un trazo peligrosamente aproximado. Al llegar a cierto punto, dejé el camión y alquilé una mula en la fonda de la Cuchilla. Dos días anduve perdido en el páramo, buscando la carretera que pasa por la Nieve del Almirante. Ya había perdido toda esperanza, cuando di con ella. Dejé la mula con el muchacho que me la había alquilado y me senté en un barranco a esperar algún camión para subir hasta la parte más alta del trayecto. En efecto, dos horas más tarde pasó un Saurer de ocho toneladas que trepaba con asmático esfuerzo la pendiente. El conductor accedió a llevarme: "Voy hasta el alto", le expliqué mientras me observaba como tratando de reconocerme. Viajamos toda la noche. Al madrugar, en medio de una niebla tan espesa que casi imposibilitaba la marcha, el hombre me despertó: "Por aquí debe ser. ¿Qué es lo que busca por estos peladeros?" "Una tienda que se llama La Nieve del Almirante, respondí con un temor que empezaba a subirme por el plexo solar". "Bueno —dijo el chofer—, voy a parar un rato. Us-

ted busque por ahí a ver qué encuentra. Con esta
niebla..." Encendió un cigarrillo. Me interné en el
lechoso ámbito que casi no permitía ver cosa alguna.
Me fui orientando por la cuneta y al poco tiempo reconocí la casa. El letrero, del que se habían despren-
dido varias letras, se mecía con el viento, colgando
de un extremo sujeto por un clavo herrumbroso.
Todo estaba atrancado por dentro: puertas, ventanas
y postigos. Faltaban ya muchos vidrios y la construcción amenazaba derrumbarse de un momento a otro.
Fui a la puerta trasera. El balcón, que antes se soste-
nía sobre un precipicio con la ayuda de gruesas vigas
de madera, se había desbaratado en parte y los barrotes se balanceaban sobre el abismo, llenos de musgo y
de excrementos de loros que se detenían allí antes de
seguir su viaje a las tierras bajas. Comenzó a lloviznar
y la niebla se despejó en un instante.

Regresé al camión. "No queda nada, señor. Ya sabía, pero ignoraba el nombre", comentó el conductor
con cierta compasión que alcanzó a herirme mala-
mente. "Siga conmigo, si quiere. Voy hasta el cafetal
de La Osa. Allá creo que lo conocen". Asentí en silencio y subí a su lado. El camión comenzó el descenso. Un olor a asbesto quemado denunciaba el
trabajo incesante de los frenos. Pensaba en Flor
Estévez. Iba a ser muy difícil acostumbrarme a su ausencia. Algo comenzó a dolerme allá adentro. Era el
trabajo de una pena que tardará mucho tiempo en
sanar.

*

OTRAS NOTICIAS SOBRE MAQROLL
EL GAVIERO

COCORA

Aquí me quedé, al cuidado de esta mina, y ya he perdido la cuenta de los años que llevo en este lugar. Deben ser muchos, porque el sendero que llevaba hasta los socavones y que corría a la orilla del río ha desaparecido ya entre rastrojos y matas de plátano. Varios árboles de guayaba crecen en medio de la senda y han producido ya muchas cosechas. Todo esto debieron olvidarlo sus dueños y explotadores y no es de extrañarse que así haya sido, porque nunca se encontró mineral alguno, por hondo que se cavara y por muchas ramificaciones que se hicieran desde los corredores principales. Y yo que soy hombre de mar, para quien los puertos apenas fueron transitorio pretexto de amores efímeros y riñas de burdel, yo que siento todavía en mis huesos el mecerse de la gavia a cuyo extremo más alto subía para mirar el horizonte y anunciar las tormentas, las costas a la vista, las manadas de ballenas y los cardúmenes vertiginosos que se acercaban como un pueblo ebrio; yo aquí me he quedado visitando la fresca oscuridad de estos laberintos por donde transita un aire a menudo tibio y húmedo que trae voces, lamentos, interminables y tercos trabajos de insectos, aleteos de oscuras mariposas o el chillido de algún pájaro extraviado en el fondo de los socavones.

Duermo en el llamado socavón del Alférez, que es el menos húmedo y da de lleno a un precipicio cortado a pico sobre las turbulentas aguas del río. En las noches de lluvia, el olfato me anuncia la creciente: un aroma lodoso, picante, de vegetales lastimados y de animales que bajan destrozándose contra las piedras; un olor de sangre desvaída, como el que despiden ciertas mujeres trabajadas por el arduo clima de los trópicos; un olor de mundo que se deslíe precede a la ebriedad desordenada de las aguas que crecen con ira descomunal y arrasadora.

Quisiera dejar testimonio de algunas de las cosas que he visto en mis largos días de ocio, durante los cuales mi familiaridad con estas profundidades me ha convertido en alguien harto diferente de lo que fuera en mis años de errancia marinera y fluvial. Tal vez el ácido aliento de las galerías haya mudado o aguzado mis facultades para percibir la vida secreta, impalpable, pero riquísima, que habita estas cavidades de infortunio. Comencemos por la galería principal. Se penetra en ella por una avenida de cámbulos cuyas flores anaranjadas y pertinaces crean una alfombra que se extiende a veces hasta las profundidades del recinto. La luz va desapareciendo a medida que uno se interna, pero se demora con intensidad inexplicable en las flores que el aire ha barrido hasta muy adentro. Allí viví mucho tiempo, y sólo por razones que en seguida explicaré tuve que abandonar el sitio. Hacia el comienzo de las lluvias escuchaba voces, murmullos indescifrables como de mujeres rezando en un velorio, pero algunas risas y ciertos forcejeos, que nada tenían de fúnebres, me hicieron pensar más bien en un acto infame que se prolongaba sin término en la oquedad del recinto. Me propuse descifrar las voces y, de tanto escucharlas con atención febril, días y noches, logré, al fin, entender la palabra Viana. Por entonces, caí enfermo, al parecer de malaria, y permanecía tendido en el jergón que había improvisado como lecho. Deliraba durante largos períodos y, gracias a esa lúcida facultad que desarrolla la fiebre por debajo del desorden exterior de sus síntomas, logré entablar un diálogo con las hembras. Su actitud meliflua, su evidente falsía, me dejaban presa de un temor sordo y humillante. Una noche, no sé obedeciendo a qué impulsos secretos avivados por el delirio, me incorporé gritando en altas voces que reverberaron largo tiempo contra las paredes de la mina: "¡A callar, hijas de puta! ¡Yo fui amigo del Príncipe de Viana, respeten la más alta miseria, la corona de los insalvables!" Un silencio, cuya densidad se fue prolongando, acallados los ecos de mis gritos, me dejó a orillas de la fiebre. Esperé la noche entera, allí tendido y bañado en los sudores de la salud recuperada. El silencio permanecía presente ahogando hasta los más leves ruidos de las humildes criaturas en sus trabajos de hojas y salivas que tejen lo impalpable. Una claridad lechosa me anunció la llegada del día y salí como pude de aquella galería que nunca más volví a visitar.

Otro socavón es el que los mineros llamaban del Venado. No es muy profundo, pero reina allí una oscuridad absoluta, debida a no sé qué artificio en el trazado de los ingenieros. Sólo merced al tacto conseguí familiarizarme con el lugar que estaba lleno de herramientas y cajones meticulosamente clavados. De ellos salía un olor imposible de ser descrito. Era

como el aroma de una gelatina hecha con las más
secretas substancias destiladas de un metal improbable. Pero lo que me detuvo en esa galería durante días
interminables, en los que estuve a punto de perder la
razón, es algo que allí se levanta, al fondo mismo del
socavón recostado en la pared en donde aquél termina. Algo que podría llamar una máquina si no
fuera por la imposibilidad de mover ninguna de las
piezas de que parecía componerse. Partes metálicas
de las más diversas formas y tamaños, cilindros, esferas, ajustados en una rigidez inapelable, formaban la
indecible estructura. Nunca pude hallar los límites,
ni medir las proporciones de esta construcción des-
venturada, fija en la roca por todos sus costados y que
levantaba su pulida y acerada urdimbre, como si se
propusiera ser en este mundo una representación absoluta de la nada. Cuando mis manos se cansaron,
tras semanas y semanas de recorrer las complejas co-
nexiones, los rígidos piñones, las heladas esferas, huí
un día, despavorido al sorprenderme implorándole a
la indefinible presencia que me develara su secreto,
su razón última y cierta. Tampoco he vuelto a esa
parte de la mina, pero durante ciertas noches de calor
y humedad me visita en sueños la muda presencia de
esos metales y el terror me deja incorporado en el
lecho, con el corazón desbocado y las manos tem-
blorosas. Ningún terremoto, ningún derrumbe, por
gigantesco que sea, podrá desaparecer esta ineluctable mecánica adscrita a lo eterno.

La tercera galería es la que ya mencioné al comienzo, la llamada socavón del Alférez. En ella vivo
ahora. Hay una apacible penumbra que se extiende
hasta lo más profundo del túnel y el chocar de las

aguas del río, allá abajo, contra las paredes de roca y las grandes piedras del cauce, da al ámbito una cierta alegría que rompe, así sea precariamente, el hastío interminable de mis funciones de velador de esta mina abandonada. Es cierto que, muy de vez en cuando, los buscadores de oro llegan hasta esta altura del río para lavar las arenas de la orilla en las bateas de madera. El humo acre de tabaco ordinario me anuncia el arribo de los gambusinos. Desciendo para verlos trabajar y cruzamos escasas palabras. Vienen de regiones distantes y apenas entiendo su idioma. Me asombra su paciencia sin medida en este trabajo tan minucioso y de tan pobres resultados. También vienen, una vez al año, las mujeres de los sembradores de caña de la orilla opuesta. Lavan la ropa en la corriente y golpean las prendas contra las piedras. Así me entero de su presencia. Con una que otra que ha subido conmigo hasta la mina he tenido relaciones. Han sido encuentros apresurados y anónimos en donde el placer ha estado menos presente que la necesidad de sentir otro cuerpo contra mi piel y engañar, así sea con ese fugaz contacto, la soledad que me desgasta.

Un día saldré de aquí, bajaré por la orilla del río, hasta encontrar la carretera que lleva hacia los páramos, y espero entonces que el olvido me ayude a borrar el miserable tiempo aquí vivido.

LA NIEVE DEL ALMIRANTE

Al llegar a la parte más alta de la cordillera, los camiones se detenían en un corralón destartalado que sirvió de oficina a los ingenieros cuando se construyó la carretera. Los conductores de los grandes camiones se detenían allí a tomar una taza de café o un trago de aguardiente para contrarrestar el frío del páramo. A menudo éste les engarrotaba las manos en el volante y rodaban a los abismos en cuyo fondo un río de aguas torrentosas barría, en un instante, los escombros del vehículo y los cadáveres de sus ocupantes. Corriente abajo, ya en las tierras de calor, aparecían los retorcidos vestigios del accidente. Las paredes del refugio eran de madera y, en el interior, se hallaban oscurecidas por el humo del fogón, en donde día y noche se calentaban el café y alguna precaria comida para quienes llegaban con hambre, que no eran frecuentes, porque la altura del lugar solía producir una náusea que alejaba la idea misma de comer cosa alguna. En los muros habían clavado vistosas láminas metálicas con propaganda de cervezas o analgésicos, con provocativas mujeres en traje de baño que brindaban la frescura de su cuerpo en medio de un paisaje de playas azules y palmeras, ajeno por completo al páramo helado y ceñudo.

La niebla cruzaba la carretera, humedecía el asfalto

que brillaba como un metal imprevisto, e iba a perderse entre los grandes árboles de tronco liso y gris,
de ramas vigorosas y escaso follaje, invadido por una
lama, también gris, en donde surgían flores de color
intenso y de cuyos gruesos pétalos manaba una miel
lenta y transparente.

Una tabla de madera, sobre la entrada, tenía el
nombre del lugar en letras rojas, ya desteñidas: La
Nieve del Almirante. Al tendero se le conocía como
el Gaviero y se ignoraban por completo su origen y su
pasado. La barba hirsuta y entrecana le cubría buena
parte del rostro. Caminaba apoyado en una muleta
improvisada con tallos de recio bambú. En la pierna
derecha le supuraba continuamente una llaga fétida
e irisada, de la que nunca hacía caso. Iba y venía
atendiendo a los clientes, al ritmo regular y recio de
la muleta que golpeaba en los tablones del piso con
un sordo retumbar que se perdía en la desolación de
las parameras. Era de pocas palabras, el hombre.
Sonreía a menudo, pero no a causa de lo que oyera a
su alrededor, sino para sí mismo y más bien a des-
tiempo con los comentarios de los viajeros. Una
mujer le ayudaba en sus tareas. Tenía un aire salvaje,
concentrado y ausente. Por entre las cobijas y pon-
chos que la protegían del frío, se adivinaba un cuerpo
aún recio y nada ajeno al ejercicio del placer. Un
placer cargado de esencias, aromas y remembranzas
de las tierras en donde los grandes ríos descienden
hacia el mar bajo un dombo vegetal, inmóvil en el
calor de las tierras bajas. Cantaba, a veces, la hem-
bra; cantaba con una voz delgada como el perezoso
llamado de las aves en las ardientes extensiones de la

llanura. El Gaviero se quedaba mirándola mientras duraba el murmullo agudo, sinuoso y animal. Cuando los conductores volvían a su camión e iniciaban el descenso de la cordillera, les acompañaba ese canto nutrido de vacía distancia, de fatal desamparo, que los dejaba a la vera de una nostalgia inapelable.

Pero otra cosa había en el tendajón del Gaviero que lo hacía memorable para quienes allí solían detenerse y estaban familiarizados con el lugar: un estrecho pasillo llevaba al corredor trasero de la casa, al que sostenían unas vigas de madera sobre un precipicio semicubierto por las hojas de los helechos. Allí iban a orinar los viajeros, con minuciosa paciencia, sin lograr oír nunca la caída del líquido, que se perdía en el vértigo neblinoso y vegetal del barranco. En los costrosos muros del pasillo se hallaban escritas frases, observaciones y sentencias. Muchas de ellas eran recordadas y citadas en la región, sin que nadie descifrara, a ciencia cierta, su propósito ni su significado. Las había escrito el Gaviero, y muchas de ellas estaban borradas por el paso de los clientes hacia el inesperado mingitorio.

Algunas de las que persistieron con mayor terquedad en la memoria de la gente son las que aquí se transcriben:

Soy el desordenado hacedor de las más escondidas rutas, de los más secretos atracaderos. De su inutilidad y de su ignota ubicación se nutren mis días.

Guarda ese pulido guijarro. A la hora de tu muerte podrás acariciarlo en la palma de tu mano y ahuyentar así la presencia de tus lamentables erro-

res, cuya suma borra de todo posible sentido tu vana existencia.

Todo fruto es un ojo ciego ajeno a sus más suaves substancias. Hay regiones en donde el hombre cava en su felicidad las breves bóvedas de un descontento sin razón y sin sosiego.

Sigue a los navíos. Sigue las rutas que surcan las gastadas y tristes embarcaciones. No te detengas. Evita hasta el más humilde fondeadero. Remonta los ríos. Desciende por los ríos. Confúndete en las lluvias que inundan las sabanas. Niega toda orilla.

Nota cuánto descuido reina en estos lugares. Así los días de mi vida. No fue más. Ya no podrá serlo.

Las mujeres no mienten jamás. De los más secretos repliegues de su cuerpo mana siempre la verdad. Sucede que nos ha sido dado descifrarla con una parquedad implacable. Hay muchos que nunca lo consiguen y mueren en la ceguera sin salida de sus sentidos.

Dos metales existen que alargan la vida y conceden, a veces, la felicidad. No son el oro, ni la plata, ni cosa que se les parezca. Sólo sé que existen.

Hubiera yo seguido con las caravanas. Hubiera muerto enterrado por los camelleros, cubierto con la bosta de sus rebaños, bajo el alto cielo de las mesetas. Mejor, mucho mejor hubiera sido. El resto, en verdad, ha carecido de interés.

Muchas otras sentencias, como dijimos, habían desaparecido con el roce de manos y cuerpos que transitaban por la penumbra del pasillo. Estas que se mencionan parecen ser las que mayor favor merecie-

ron entre la gente de los páramos. De seguro aluden a
tiempos anteriores vividos por el Gaviero y vinieron
a parar a estos lugares por obra del azar de una memoria que vacila antes de apagarse para siempre.

EL CAÑÓN DE ARACURIARE

Para entender las consecuencias que en la vida del
Gaviero tuvieron sus días de permanencia en el Cañón de Aracuriare, es necesario demorarse en ciertos
aspectos del lugar, poco frecuentado por hallarse muy
distante de todo camino o vereda transitados por
gentes de las Tierras Bajas y por gozar de un sombrío
prestigio, no del todo gratuito, pero tampoco acorde
con la verdadera imagen del sitio.

El río desciende de la cordillera en un torrente de
aguas heladas que se estrella contra grandes rocas y
lajas traicioneras dejando un vértigo de espumas y
remolinos y un clamor desacompasado y furioso de la
corriente desbocada. Existe la creencia de que el río
arrastra arenas ricas en oro, y a menudo se alzan en su
margen precarios campamentos de gambusinos que
lavan la tierra de la orilla, sin que hasta hoy se sepa
de ningún hallazgo que valga la pena. El desánimo se
apodera muy pronto de estos extranjeros, y las fiebres
y plagas del paraje dan cuenta en breve de sus vidas.
El calor húmedo y permanente y la escasez de ali-
mentos agotan a quienes no están acostumbrados a la
abrasadora condición del clima. Tales empresas suelen terminar en un rosario de humildes túmulos
donde descansan los huesos de quienes en vida jamás
conocieron la pausa y el reposo. El río va amainando

su carrera al entrar en un estrecho valle y sus aguas adquieren una apacible tersura que esconde la densa energía de la corriente, libre ya de todo obstáculo. Al terminar el valle se alza una imponente mole de granito partida en medio por una hendidura sombría. Allí entra el río en un silencioso correr de las aguas que penetran con solemnidad procesional en la penumbra del cañón. En su interior, formado por paredes que se levantan hacia el cielo y en cuya superficie una rala vegetación de lianas y helechos intenta buscar la luz, hay un ambiente de catedral abandonada, una penumbra sobresaltada de vez en cuando por gavilanes que anidan en las escasas grietas de la roca o bandadas de loros cuyos gritos pueblan el lugar con instantánea algarabía que destroza los nervios y reaviva las más antiguas nostalgias.

Dentro del cañón el río ha ido dejando algunas playas de un color de pizarra que rebrilla en los breves intermedios en que el sol llega hasta el fondo del abismo. Por lo regular la superficie del río es tan serena que apenas se percibe el tránsito de sus aguas. Sólo se escucha de vez en cuando un borboteo que termina en un vago suspiro, en un hondo quejarse que sube del fondo de la corriente y denuncia la descomunal y traicionera energía oculta en el apacible curso del río.

El Gaviero viajó allí para entregar unos instrumentos y balanzas y una alcuza de mercurio encargados por un par de gambusinos con los que había tenido trato en un puerto petrolero de la costa. Al llegar se enteró que sus clientes habían fallecido hacía varias semanas. Un alma piadosa los enterró a la entrada del cañón. Una tabla carcomida tenía escritos sus nombres en improbable ortografía que el Gaviero apenas pudo descifrar. Penetró en el cañón y se fue internando por entre playones, en cuya lisa superficie aparecían de vez en cuando el esqueleto de un ave o los restos de una almadía arrastrada por la corriente desde algún lejano caserío valle arriba.

El silencio conventual y tibio del paraje, su aislamiento de todo desorden y bullicio de los hombres y una llamada intensa, insistente, imposible de precisar en palabras y ni siquiera en pensamientos, fueron suficientes para que el Gaviero sintiera el deseo de quedarse allí por un tiempo, sin otra razón o motivo que alejarse del trajín de los puertos y de la encontrada estrella de su errancia insaciable.

Con algunas maderas recogidas en la orilla y hojas de palma que rescató de la corriente, construyó una choza en una laja de pizarra que se alzaba al fondo del playón que escogió para quedarse. Las frutas que continuamente bajaban por el río y la carne de las aves que conseguía cazar sin dificultad le sirvieron de alimento.

Pasados los días, el Gaviero inició, sin propósito deliberado, un examen de su vida, un catálogo de sus miserias y errores, de sus precarias dichas y de sus ofuscadas pasiones. Se propuso ahondar en esta tarea y lo logró en forma tan completa y desoladora que llegó a despojarse por entero de ese ser que lo había acompañado toda su vida y al que le ocurrieron todas estas lacerias y trabajos. Avanzó en el empeño de encontrar sus propias fronteras, sus verdaderos límites, y cuando vio alejarse y perderse al protagonista de lo que tenía hasta entonces como su propia vida, quedó sólo aquel que realizaba el escrutinio sim—

plificador. Al proseguir en su intento de conocer mejor al nuevo personaje que nacía de su más escondida esencia, una mezcla de asombro y gozo le invadió de repente: un tercer espectador le esperaba impasible y se iba delineando y cobraba forma en el centro mismo de su ser. Tuvo la certeza de que ése, que nunca había tomado parte en ninguno de los episodios de su vida, era el que de cierto conocía toda la verdad, todos los senderos, todos los motivos que tejían su destino ahora presente con una desnuda evidencia que, por lo demás, en ese mismo instante supo por entero inútil y digna de ser desechada de inmediato. Pero al enfrentarse a ese absoluto testigo de sí mismo, le vino también la serena y lenificante aceptación que hacía tantos años buscaba por los estériles signos de la aventura.

Hasta llegar a ese encuentro, el Gaviero había pasado en el cañón por arduos períodos de búsqueda, de tanteos y de falsas sorpresas. El ámbito del sitio, con su resonancia de basílica y el manto ocre de las aguas desplazándose en lentitud hipnótica, se confundieron en su memoria con el avance interior que lo llevó a ese tercer impasible vigía de su existencia del que no partió sentencia alguna, ni alabanza ni rechazo, y que se limitó a observarlo con una fijeza de otro mundo que, a su vez, devolvía, a manera de un espejo, el desfile atónito de los instantes de su vida. El sosiego que invadió a Maqroll, teñido de cierta dosis de gozo febril, vino a ser como una anticipación de esa parcela de dicha que todos esperamos alcanzar antes de la muerte y que se va alejando a medida que aumentan los años y crece la desesperanza que arrastran consigo.

El Gaviero sintió que, de prolongarse esta plenitud que acababa de rescatar, el morir carecería por entero de importancia, sería un episodio más en el libreto y podría aceptarse con la sencillez de quien dobla una esquina o se da vuelta en el lecho mientras duerme. Las paredes de granito, el perezoso avanzar de las aguas, su tersa superficie y la sonora oquedad del paraje, fueron para él como una imagen premonitoria del reino de los olvidados, del dominio donde campea la muerte entre la desvelada procesión de sus criaturas.

Como sabía que las cosas en adelante serían de muy diferente manera a como le sucedieron en el pasado, el Gaviero tardó en salir del lugar para mezclarse en la algarabía de los hombres. Temía perturbar su recién ganada serenidad. Por fin, un día, unió con lianas algunos troncos de balso y, ganando el centro de la corriente, se alejó río abajo por la estrecha garganta. Una semana después salía a la blanca luz que reina en el delta. El río se mezcla allí con un mar sereno y tibio del que se desprende una tenue neblina que aumenta la lejanía y expande el horizonte en una extensión sin término.

Con nadie habló de su permanencia en el Cañón de Aracuriare. Lo que aquí se consigna fue tomado de algunas notas halladas en el armario del cuarto de un hotel de miseria, en donde pasó los últimos días antes de viajar a los esteros.

LA VISITA DEL GAVIERO

Su aspecto había cambiado por completo. No que se viera más viejo, más trabajado por el paso de los años y el furor de los climas que frecuentaba. No había sido tan largo el tiempo de su ausencia. Era otra cosa. Algo que se traicionaba en su mirada, entre oblicua y cansada. Algo en sus hombros que habían perdido toda movilidad de expresión y se mantenían rígidos como si ya no tuvieran que sobrellevar el peso de la vida, el estímulo de sus dichas y miserias. La voz se había apagado notablemente y tenía un tono aterciopelado y neutro. Era la voz del que habla porque le sería insoportable el silencio de los otros.

Llevó una mecedora al corredor que miraba a los cafetales de la orilla del río y se sentó en ella con una actitud de espera, como si la brisa nocturna que no tardaría en venir fuera a traer un alivio a su profunda pero indeterminada desventura. La corriente de las aguas al chocar contra las grandes piedras acompañó a lo lejos sus palabras, agregando una opaca alegría al repasar monótono de sus asuntos, siempre los mismos, pero ahora inmersos en la indiferente e insípida cantilena que traicionaba su presente condición de vencido sin remedio, de rehén de la nada. "Vendí ropa de mujer en el vado del Guásimo. Por allí cruzaban los días de fiesta las hembras de páramo, y como tenían que pasar el río a pie y se mojaban las ropas a pesar de que trataran de arremangárselas hasta la cintura, algo acababan comprándome para no entrar al pueblo en esas condiciones".

"En otros años, ese desfile de muslos morenos y recios, de nalgas rotundas y firmes y de vientres como pecho de paloma, me hubiera llevado muy pronto a un delirio insoportable. Abandoné el lugar cuando un hermano celoso se me vino encima con el machete en alto, creyendo que me insinuaba con una sonriente muchacha de ojos verdes, a la que le estaba midiendo una saya de percal floreado. Ella lo detuvo a tiempo. Un repentino fastidio me llevó a liquidar la mercancía en pocas horas y me alejé de allí para siempre".

"Fue entonces cuando viví unos meses en el vagón de tren que abandonaron en la vía que, al fin, no se construyó. Alguna vez le hablé de eso. Además, no tiene importancia".

"Bajé, luego, a los puertos y me enrolé en un carguero que hacía cabotaje en parajes de niebla y frío sin clemencia. Para pasar el tiempo y distraer el tedio, descendía al cuarto de máquinas y narraba a los fogoneros la historia de los últimos cuatro grandes Duques de Borgoña. Tenía que hacerlo a gritos por causa del rugido de las calderas y el estruendo de las bielas. Me pedían siempre que les repitiera la muerte de Juan sin Miedo a manos de la gente del Rey en el puente de Montereau y las fiestas de la boda de Carlos el Temerario con Margarita de York. Acabé por no hacer cosa distinta durante las interminables travesías por entre brumas y grandes bloques de hielo. El capitán se olvidó de mi existencia hasta que, un día,

el contramaestre le fue con el cuento de que no dejaba trabajar a los fogoneros y les llenaba la cabeza con
historias de magnicidios y atentados inauditos. Me
había sorprendido contando el fin del último Duque
en Nancy, y vaya uno a saber lo que el pobre llegó a
imaginarse. Me dejaron en un puerto del Escalda, sin
otros bienes que mis remendados harapos y un in-
ventario de los túmulos anónimos que hay en los ce-
menterios del Alto Roquedal de San Lázaro".

"Organicé por entonces una jornada de predi-
caciones y aleluyas a la salida de las refinerías del río
Mayor. Anunciaba el advenimiento de un nuevo
reino de Dios en el cual se haría un estricto y minucioso intercambio de pecados y penitencias en forma
tal que, a cada hora del día o de la noche, nos podría
aguardar una sorpresa inconcebible o una dicha tan
breve como intensa. Vendí pequeñas hojas en donde
estaban impresas las letanías del buen morir en las
que se resumía lo esencial de la doctrina en cuestión.
Ya las he olvidado casi todas, aunque en sueños recuerdo, a veces, tres invocaciones:

riel de la vida suelta tu escama
ojo de agua recoje las sombras
ángel del cieno corta tus alas".

"A menudo me vienen dudas sobre si de verdad estas sentencias formaron parte de la tal letanía o si
más bien nacen de alguno de mis fúnebres sueños recurrentes. Ya no es hora de averiguarlo ni es cosa que
me interese".

Suspendió el Gaviero, en forma abrupta, el relato
de sus cada vez más precarias andanzas y se lanzó a un

largo monólogo, descosido y sin aparente propósito, pero que recuerdo con penosa fidelidad y un vago fastidio de origen indeterminado:

"Porque, al fin de cuentas todos estos oficios, encuentros y regiones han dejado de ser la verdadera substancia de mi vida. A tal punto que no sé cuáles nacieron de mi imaginación y cuáles pertenecen a una experiencia verdadera. Merced a ellos, por su intermedio, trato, en vano, de escapar de algunas obsesiones, éstas sí reales, permanentes y ciertas, que tejen la trama última, el destino evidente de mi andar por el mundo. No es fácil aislarlas y darles nombre, pero serían, más o menos, éstas:

'Transar por una felicidad semejante a la de ciertos días de la infancia a cambio de una consentida brevedad de la vida'.

'Prolongar la soledad sin temor al encuentro con lo que en verdad somos, con el que dialoga con nosotros y siempre se esconde para no hundirnos en un terror sin salida'.

'Saber que nadie escucha a nadie. Nadie sabe nada de nadie. Que la palabra, ya, en sí, es un engaño, una trampa que encubre, disfraza y sepulta el precario edificio de nuestros sueños y verdades, todos señalados por el signo de lo incomunicable'.

'Aprender, sobre todo, a desconfiar de la memoria. Lo que creemos recordar es por completo ajeno y diferente a lo que en verdad sucedió. Cuántos momentos de un irritante y penoso hastío nos los devuelve la memoria, años después, como episodios de una espléndida felicidad. La nostalgia es la mentira gracias a la cual nos acercamos más pronto a la muerte. Vivir sin recordar sería, tal vez, el secreto de los dioses' ".

"Cuando relato mis trashumancias, mis caídas, mis delirios lelos y mis secretas orgías, lo hago únicamente para detener, ya casi en el aire, dos o tres gritos bestiales, desgarrados gruñidos de caverna con los que podría más eficazmente decir lo que en verdad siento y lo que soy. Pero, en fin, me estoy perdiendo en divagaciones y no es para esto a lo que vine".

Sus ojos adquirieron una fijeza de plomo como si se detuvieran en un espeso muro de proporciones colosales. Su labio inferior temblaba ligeramente. Cruzó los brazos sobre el pecho y comenzó a mecerse lentamente, como si quisiera hacerlo a ritmo con el rumor del río. Un olor a barro fresco, a vegetales macerados, a savia en descomposición, nos indicó que llegaba la creciente. El Gaviero guardó silencio por un buen rato, hasta cuando llegó la noche con esa vertiginosa tiniebla con la que irrumpe en los trópicos. Luciérnagas impávidas danzaban en el tibio silencio de los cafetales. Comenzó a hablar de nuevo y se perdió en otra divagación cuyo sentido se me iba escapando a medida que se internaba en las más oscuras zonas de su intimidad. De pronto comenzó de nuevo a traer asuntos de su pasado y volví a tomar el hilo de su monólogo:

"He tenido pocas sorpresas en la vida —decía—, y ninguna de ellas merece ser contada, pero, para mí, cada una tiene la fúnebre energía de una campana de catástrofe. Una mañana me encontré, mientras me vestía en el sopor ardiente de un puerto del río, en un cubículo destartalado de un burdel de mala muerte, con una fotografía de mi padre colgada en la pared de madera. Aparecía en una mecedora de mimbre, en el vestíbulo de un blanco hotel del Caribe. Mi madre la tenía siempre en su mesa de noche y la conservó en el mismo lugar durante su larga viudez. '¿Quién es?', pregunté a la mujer con la que había pasado la noche y a quien sólo hasta ahora podía ver en todo el desastrado desorden de sus carnes y la bestialidad de sus facciones. 'Es mi padre', contestó con penosa sonrisa que descubría su boca desdentada, mientras se tapaba la obesa desnudez con una sábana mojada de sudor y miseria. 'No lo conocí jamás, pero mi madre, que también trabajó aquí, lo recordaba mucho y hasta guardó algunas cartas suyas como si fueran a mantenerla siempre joven'. Terminé de vestirme y me perdí en la ancha calle de tierra, taladrada por el sol y la algarabía de radios, cubiertos y platos de los cafés y cantinas que comenzaban a llenarse con su habitual clientela de chóferes, ganaderos y soldados de la base aérea. Pensé con desmayada tristeza que esa había sido, precisamente, la esquina de la vida que no hubiera querido doblar nunca. Mala suerte".

"En otra ocasión fui a parar a un hospital de la Amazonía, para cuidarme un ataque de malaria que me estaba dejando sin fuerzas y me mantenía en un constante delirio. El calor, en la noche, era insoportable, pero, al mismo tiempo, me sacaba de esos remolinos de vértigo en los que una frase idiota o el tono de una voz ya imposible de identificar eran el centro alrededor del cual giraba la fiebre hasta hacerme doler todos los huesos. A mi lado, un comerciante picado por la araña pudridora se abanicaba la negra pústula que invadía todo su costado izquierdo. 'Ya se me va a secar', comentaba con voz alegre, 'ya se me va a secar y saldré muy pronto para cerrar la operación. Voy a ser tan rico que nunca más me acordaré de esta cama de hospital ni de esta selva de mierda, buena sólo para micos y caimanes'. El negocio de marras consistía en un complicado canje de repuestos para los hidroplanos que comunicaban la zona por licencias preferenciales de importación pertenecientes al ejército, libres de aduana y de impuestos. Al menos eso es lo que torpemente recuerdo, porque el hombre se perdía, la noche entera, en los más nimios detalles del asunto, y éstos, uno a uno, se iban integrando a la vorágine de las crisis de malaria. Al alba, finalmente, conseguía dormir, pero siempre en medio de un cerco de dolor y pánico que me acompañaba hasta avanzada la noche. 'Mire, aquí están los papeles. Se van a joder todos. Ya lo verá. Mañana salgo sin falta'. Esto me dijo una noche y lo repitió con insistencia feroz mientras blandía un puñado de papeles de color azul y rosa, llenos de sellos y con leyendas en tres idiomas. Lo último que le escuché, antes de caer en un largo trance de fiebre, fue: '¡Ay qué descanso, qué dicha. Se acabó esta mierda!' Me despertó el estruendo de un disparo que sonó para mí como si fuera el fin del mundo. Volví a mirar a mi vecino: su cabeza deshecha por el balazo temblaba aún con la fofa consistencia de un fruto en descomposición. Me trasladaron a otra sala, y allí estuve entre la vida y la muerte hasta la estación de las lluvias cuya brisa fresca me trajo de nuevo a la vida".

"No sé por qué estoy contando estas cosas. En realidad vine para dejar con usted estos papeles. Ya verá qué hace con ellos si no volvemos a vernos. Son algunas cartas de mi juventud, unas boletas de empeño y los borradores de mi libro que ya no terminaré jamás. Es una investigación sobre los motivos ciertos que tuvo César Borgia, Duque de Valentinois, para acudir a la corte de su cuñado el rey de Navarra y apoyarlo en la lucha contra el rey de Aragón, y de cómo murió en la emboscada que unos soldados le hicieron, al amanecer, en las afueras de Viana. En el fondo de esta historia hay meandros y zonas oscuras que creí, hace muchos años, que valía la pena esclarecer. También le dejo una cruz de hierro que encontré en un osario de almogávares que había en el jardín de una mezquita abandonada en los suburbios de Anatolia. Me ha traído siempre mucha suerte, pero creo que ya llegó el tiempo de andar sin ella. También quedan con usted las cuentas y comprobantes, pruebas de mi inocencia en el asunto de la fábrica de explosivos que teníamos en las minas del Sereno. Con su producto nos íbamos a retirar a Madeira la medium húngara que entonces era mi compañera y un socio paraguayo. Ellos huyeron con todo, y sobre mí cayó la responsabilidad de entregar cuentas. El asunto está ya prescrito hace muchos años, pero cierto prurito de orden me ha obligado a guardar estos recibos que ya tampoco quiero cargar conmigo".

"Bueno, ahora me despido. Bajo para llevar un planchón vacío hasta la Ciénaga del Mártir y, si río abajo consigo algunos pasajeros, reuniré algún dinero para embarcarme de nuevo". Se puso de pie y me extendió la mano con ese gesto, entre ceremonial y militar, que era tan suyo. Antes de que pudiera insistirle en que se quedara a pasar la noche y a la mañana siguiente emprendiera el descenso hasta el río, se perdió por entre los cafetales silbando entre dientes una vieja canción, bastante cursi, que había encantado nuestra juventud. Me quedé repasando sus papeles, y en ellos encontré no pocas huellas de la vida pasada del Gaviero, sobre las cuales jamás había hecho mención. En esas estaba cuando oí, allá abajo, el retumbar de sus pisadas sobre el puente que cruza el río y el eco de las mismas en el techo de zinc que lo protege. Sentí su ausencia y empecé a recordar su voz y sus gestos cuyo cambio tan evidente había percibido y que ahora me volvían como un aviso aciago de que jamás lo vería de nuevo.